THE PASSAGE OF YOUTH

陳德政

散文集

時空迴游

We appear. We disappear.
We are so important to some, but we are just passing through.

——Before Midnight

南歸

北迴

高地

異鄉

前言　Round-Trip Ticket

小時候，台灣只有一條高速公路，離家與回家，好像也只有一種方式。

每年爸媽會安排一次長途旅行，到溪頭、墾丁、日月潭那些「風景區」住一兩晚。爸爸開著蘋果綠的韓國 Pony 汽車，轉入南下或北上的交流道，在寬直的公路上馳騁。媽媽坐在副駕駛座，頭髮燙得蓬蓬的，剛上國中的姊姊坐我旁邊，想著少女的心事。

那輛車造型有點像《回到未來》的 DeLorean 時光機，幾何線條的車身，彷彿開快一點就會飛起來！我圓鼓鼓的眼睛望著窗外的風景，有其他車道多彩多姿的汽車、丘陵上的佛像、神祕的道觀，還有遠方的水田。幾天後爸爸像身體裝了自動導航系統，把一家人載回家——台南唯一的那個家。

車上的時光，總是比觀光景點更讓人懷念。一家人待在一個飄浮的容器裡，被無形的愛凝聚在一起。我們看著風景，風景也看著車裡的我們。

愛有時也讓人窒息，青春期我只想躲開父母的關切，逃到一個遠遠的、充滿光鮮事物的所在。大學到台北讀書，人生開始向北傾斜，寒暑假搭客運回家，匆匆住個幾天交差了事。巴士行駛於剛通車的第二高速公路，我聽著耳機裡不流行的音樂，享受著孤獨的快感。

離家，再返家，似乎只是生物的本能。二十多歲的我，無能覺察流淌在這個行為背後的情感動機，還不知道有一個地方可以回去，是多麼幸福。

南來北往了數十年，不知不覺我也來到台灣人口年齡的中位數：四十五歲。偶爾會點開年輕時經營的部落格「音速青春」，那曾經是我宇宙中心的網站，讀著他青澀純真，渴望被人理解的文字。

總覺得，自己像在檢視另一個人的生命遺跡——有一天他會變成我，但我的成分裡有多少還是他？

人生走到一半的中年男子，還沒有成家，戶籍仍留在台南。每次投票日，經過鄰居們排著隊的投票所，都會襲來一股夢醒的感覺——啊！台北不是我的家。可是過年穿著冬衣南下，回到自己的根，台南又是陌生的故鄉。

北方，是童年嚮往之城；南方，是當年作夢的地方。它們都是起點，也各是終點。正如登頂後還要下山，中位數代表過了一半，也代表**還有**一半。

我在兩地間擺盪，盪過一個個循環的季節。在山徑間來去，重新培養出好奇的眼睛，拓寬了存在的視野。南北往復的路程，海拔的增加與遞減，有些記憶被沖刷到地圖之外，有些記憶又在回溯的航道裡被拾起。

停止移動，就停止了追尋。我在變動中安身立命。

這些年回南部的次數多了，漸漸找回遺失的方向感。我感念島嶼兩端各有一個家，高鐵縮短了時空的迴圈，來回車票的一端是習慣的生活，一端是永遠的歸屬。我把想念帶在身邊，把根扎在兩座共時的城。

車廂裡的過客，下了車成為故事裡的人。時間在窗外掠過，時間也看著我們。

南歸

THE PASSAGE OF YOU

新年快樂

區間車在冬陽的照射下流露出銀白色光澤，夏天有更強的反光，車廂靠在月台邊，像一塊剛燒好的琉璃，亮得讓人睜不開眼睛。車半小時一班，把高鐵站出來的旅客往市區送，約二十五分鐘車程，像精算過的，就收二十五塊錢。

這條沙崙線鐵道是為了連通高鐵站和火車站鋪設的支線，提供接駁客運外另一種進城選項。客運從高鐵所在的歸仁區出發，行經奇美博物館、延平郡王祠等台南名勝，頗有搭乘 Tour Bus 的感覺（而且是免費的），但相較之下，我仍喜歡火車平穩的路感。

它這樣定速的，穩穩當當往目標開去，人坐在裡面，心也跟著安定了。開動前我會把眼睛閉上，消除從台北帶下來的雜念，讓自己沉澱下來，去面對一處名為「家」的所在。

列車悠哉地晃入市區，窗外景色慢慢收攏到眼前——低矮的樓房，熟悉的舊街，小時候玩耍過的操場，平交道旁等候通行的摩托車陣。台南啊，這麼多年了，景觀幾乎沒有變動，它建設在你看不到的地方，改變發生於長輩漸老的面容。

如果這條歸鄉路和過去有什麼不同，是鐵道沿線的屋舍全被怪手剖開，露出怵目驚心的鋼筋水泥，牆垣上掛著被風雨磨舊的布條，黑底白字寫著：反對南鐵東移！誓死捍衛家園！

十二月三十號，站長室的日曆撕得只剩幾張薄薄的紙，北上生活後，我不曾在這麼深的年底返家。運將們穿著厚外套，站成一排在車門後面張望著，一位大哥捻熄手裡的菸，身體靠過來問我要不要搭車，「肖年仔，想去哪？照錶算喔！」

我禮貌地搖搖頭，回看了他一眼，那張中年的臉，完全可以是我的國小同學。

前站周遭開了許多賣手機配件的小店，招牌上印著各種東南亞文字。託運行門口停了幾排用厚紙板包起來的摩托車，大學過年回家，我會走來這裡牽車。北門路兩側的書店、唱片行、體育用品社，愈來愈偏離我「記憶中的位置」，有些甚至不復存在。

街景依舊，但眼前的台南，好像是另一座城了。

我右轉民族路吃了一碗土魠魚羹米粉，請老闆多加點香菜。冬天日頭溫和，適合走路，穿過施工中的鐵路地下道，我走進南一中，「時代考驗青年，青年創造時代」，紅樓的玄關旁掛著這幅對句，曾經我穿著卡其制服，拿竹掃把在這邊掃過地。

高中是我最叛逆的階段，整天想著要離家北上去談戀愛，去闖江湖。現在的我穿越校園，彷彿還能看見那個悒鬱青年的身影。等等走入家門，爸媽會不會把我誤認成他？是老爸應的門，他披著一件舊毛衣，問我吃過了嗎？這兩年他決定不再染髮，讓頭髮恢復成自然色，一頭灰白漸層的頭髮，和這個年紀的爺爺像同一家理容院剪出來的。三十年後，我大概也是這樣吧？我們都是父執輩的仿製品。

媽媽坐在客廳看劇，見我進門，立刻按下暫停，打量這個當年從她肚子裡蹦出來的傢伙，和上次一樣，她說：「你在台北是不是都沒好好吃飯，怎麼又變瘦啦？」她端來一盒今早切好的水果，要我拿上去吃。我站在這間看我長大的客廳，角落擺著不同時期的家庭照片，影中人都沒有變老，模樣凍結在那一次出遊的背景上。

我把背包拎到二樓，把明天要穿的衣服拿出來掛好。姊姊嫁出去以後，她的臥房成了儲藏室，家裡沒有她的房間了。但我的房間一直是我的，好像默默在等待有一天會帶另一個家庭回來。

從舊家搬來的老書桌，抽屜已垮了一半……裡頭塞著我國中時寫給女生的情書。桌架上立著一面生鏽的國三模擬考獎牌，透明桌墊下壓著高中畢業舞會的請帖、大學的選課單和幾張紐約地鐵票。這房間，能舉辦某種生涯回顧展，展出你活過的證據。

晚餐在家吃，知道我要回來，爸爸燒了幾道好菜，口味比他們平常吃的要重一點。餐後媽媽把碗給洗了，不讓我動手。曾經我和他們在這棟房子裡一起生活，早上出門去上課，晚上補完習回來。我在這個家度過青春，幻想著難以捉摸的未來。

如今，老倆口互相照顧，安頓彼此的日常。我像遊客偶爾回來 check-in 一下，探望他們。這名遊客轉眼四十歲了，還沒結婚，戶籍仍掛在這裡，媽媽還要趁四下無人時小聲問他，錢夠不夠用。

他這樣，真的長大了嗎？

也許長大永遠不會是完成式，而故鄉總有一種引力，把遊子召喚回家。這次農曆年前提早南下，是受邀到台南跨年晚會上播歌，收到邀約時我也愣了一會兒：「跨年晚會？確定沒找錯人嗎？」

對方回覆道：「不是制式的跨年晚會喔！沒有趕場的明星，我們邀請的都是與在地相關的團體，希望傳遞出地方特色與人情味。知道您家在台南，想邀請您擔任晚會開始前的暖場ＤＪ，播一些和台南有關的歌曲。」

高中畢業後我沒在台南跨過年了，幾天後便將歌單寄了回去。此外，我也需要這筆收入。

試音時間安排在十二月三十一日下午，我第一個上台演出，自然留到最後一個彩排。主辦單位拿來一張「表演團隊」的工作證，要我掛在脖子上方便進出，我研究了一下演出團體的名單，只有我是「一人團隊」。

「來！我們從頭到尾 run 一遍，你趁這個機會和ＶＪ對一下拍子。」舞監把我拉到台中央，向馬路邊的音控檯揮了揮手。我身後是一套設定好的爵士鼓，晚點樂團演出要用；身前擺了一張桌子和幾顆監聽喇叭，那是我開給主辦方的硬體需求。

確認藍牙耳機和電腦連線後，我從第一首歌——董事長樂團的〈眾神護台灣〉開始，按歌序播了一遍。同一時間，台上的投影幕流動著繽紛的過場動畫，以及我預先擬好的歌曲解說：

鄧麗君──〈安平追想曲〉

不知初戀心茫茫，望兄的船隻，早日回歸安平城

庚澄慶──〈山頂黑狗兄〉

這首歌的原唱洪一峰是台南鹽水人

大支──〈台南情歌〉

北部擁有的，我們都有，但我們有的，北部不一定也有

〈眾神護台灣〉宛如搖滾版的陣頭音樂，草根的嗩吶和夠力的電貝斯拚場，鏗鏗鏘鏘好不熱鬧！這時天色漸暗，黃昏的街口聚集了更多人潮，才剛落成的台南美術館矗立在舞台後方，活動主題「台南跨年　府城搬戲」從 Instagram 上的一句 hashtag，化身為美麗的看板，垂掛在美術館象牙白的牆面。

離開場還有一個多鐘頭，我向大會報告自己去附近繞繞，有急事再打電話給我。民

眾已經蔓延到林百貨的騎樓底下，我穿越人流轉入中正路，也轉入了童年那個流光溢彩的台南。

這一帶稱中西區，是府城的舊城區，上世紀台南最繁華的地帶——西門路口開了本地第一家麥當勞，我和同學在那裡喝下人生第一杯甜滋滋的奶昔，麥當勞叔叔在慶生會上幫我們唱生日快樂歌；忠義路口屹立著土地銀行，建於昭和十二年（一九三七），模仿雅典神殿的造型在府城眾多廟宇間顯得特別氣派！

小學時我到鄰近的永福國小學水彩畫，下課後媽媽來接我，她會牽我穿過土地銀行那一排圓柱，到民生綠園拿車。挑高的屋頂下擠滿燕子築的巢，牠們吱吱喳喳地飛進飛出，把天都給遮黑了。

年幼的我抬頭望著一朵朵黑雲似的燕巢，祈禱神廟不朽。三十年從指尖流過，舊城區的樓仔厝好像都縮小了，中正路感覺變得狹窄，沿路有好多荒廢的洋樓和租不出去的空宅。走到底就是中國城的遺址，那裡生產出台南最多的鬼故事。

我到國華街的市場吃了碗意麵，填填肚子，意麵上放了兩片瘦肉，餛飩湯頭浮著芹菜花。布市的商家都打烊了，廣場上的小農市集東西也快賣光，老樹下聚著一票等發跨年財的小販，賣手提燈籠、螢螢亮亮的塑膠發光物，也賣爆米花。

一年的最後一天，街頭浮動著特殊的氣場，三百六十五個辛勤的日子，再過幾小時就要統一打包成「去年」，而人生裡，很少有事情比「新的一年」更值得期待。

美術館旁的友愛街已經封街，車輛無法進出，我越過幾個賣藝的藝人，從忠義國小那頭鑽進後台，闖入兵荒馬亂的現場：街舞聯盟在休息區加緊排練著，高中熱舞社的女生互相綁著辮子，國小扯鈴隊和太鼓隊認真聽著教練的叮嚀。歌仔戲團的天兵天將也在梳妝打扮，是啊，就要粉墨登場了，神也要整理儀容。

我從簾幕後方探出頭，館前聚滿了黑壓壓的人，一股山雨欲來的態勢。我很少在這麼多人面前演出，開場前還要對市民說幾句話，也許因為在自己的城，我不太緊張。

「你，在這邊 stand by，還有五分鐘……又二十五秒。」舞監要我在樓梯旁待命，別再亂跑。跨年夜，細節必須精確到秒，絕不能耽誤那無比神聖的十、九、八、七……

六點五十分我準時登台，順利播完了十三首歌，當我播到伍佰翻唱的〈媽媽請你也保重〉（這首歌由台南歌手文夏填詞，戒嚴時曾被列為禁歌），我將視線從電腦上移開。台下那片深邃的海洋，每張臉看上去都差不多，但我清楚看見媽媽在人群中向我揮手，她笑得好開心。

市長跑完攤會一起來倒數，主辦單位建議表演者不妨留到最後。那麼重要的時刻，比較想去安靜一點的地方，十一點多，我沿著府前路走到一座廟旁邊，登上對面的公寓，來到一家沒有名字的酒吧。大選將至，政黨的宣傳車一路跟著我開，要我記住他們政黨票的號碼。

從巴黎回來投票的朋友和我約在這裡，我們多年沒見，她的故鄉也在台南。酒吧收留著半醉的人，一張椅子都不剩了，我們站在陽台上抽她的捲菸，晚風徐徐吹來，路人揮著螢光棒，一群一群從樓下經過。忽然，所有人都**感應**到時間，整座城市在這一刻同步了……

十、九、八……興奮的聲音從不同方位傳來，我們抱住身旁的人，新年快樂！

我將杯裡的紅酒喝完，下樓攔車。城裡的車都被散場的市民攔光了，靜謐的冬夜，我在騎樓下獨走，繞過了圓環和鐵軌，走回那棟曾經種滿蘭花的房子。爸媽應該都睡著了，再過幾年，兩人就要迎接結婚五十週年紀念日。

這一夜，我躺在老家的床上。

爺爺

爺爺走的那晚，我整夜沒有睡好。

我在床上翻來覆去，整個人浮浮躁躁，心裡好像積了什麼事情。心事，確實有一兩件，應該都是好的：就在昨天我完成了自己第五十座百岳，而再過一天，就是我四十歲的生日。

也許剛下山，身心仍滯留在高海拔地帶，亢奮的情緒尚未平復下來，一時半刻不是那麼容易睡得著。也許我對即將到來的四十歲有一種期待之情，整頓覺睡得朦朧又恍惚，一個夢都留不住。

早晨七點驚醒，我下意識滑開手機，發現Line的圖示浮現出紅色的未讀訊息標記，我內心有感，南方出事了。人在高雄的堂姊在家人群組向大家通告，爺爺已經不行了，此刻正躺在高雄的家裡，法醫下午會來相驗。這天是冬至，一年中黑夜最長的一日，也是我三十九歲的最後一天。頂樓窗外，台北晨光和煦。

包括我在內，爺爺共有六個內孫、兩個外孫，每個人的名字都是他取的。我們家族流傳著一幅二十字的族譜，我這輩是「德」字輩，而八個孫子中，我是年紀最小的一個，從小和爺爺一直像是忘年的朋友。他選擇這天離開，彷彿是讓他最小的孫子就留在三十多歲，依然是個孩子。

我在心裡預演這一天少說已經十年了，坐在床上，我沒有哭，只是先傳訊息給幾個第一時間想到的人——前女友、大學的哥兒們、其他剛下山的登山隊成員。我在訊息裡寫：「爺爺今晨走了，享壽一百歲。」然後就把手機關機。我到廁所盥洗時一邊想著，昨天睡前聽的最後一首歌好像是平克．佛洛依德的〈Wish You Were Here〉，我接著想，上回見到爺爺是什麼時候？

其實不是太久以前，是九月底的中秋，我搭高鐵回台南，再開家裡的車載爸媽到高雄和爺爺吃了頓午飯。回想起來，當天的一切都是那樣的尋常，每個環節都遵照我們早已習慣的腳本：媽媽在預定出發時間的前十分鐘就吆喝我和爸爸該出門了！我從車庫倒車，她捧著一瓶剛泡好的熱茶坐到後座，另一隻手提著一袋柚子和月餅；爸爸坐在副駕駛座，身上是這陣子最常出勤的那件襯衫，他總在車子開出巷子前略顯驚慌地回頭確認鐵捲門已經關上。

星期一上午，南下高速公路的車流不多，這是一條四十年來我們一家人來回往返過成百上千次的路線，不同的是，手握方向盤的人從爸爸變成了我。我習慣下交流道前問身旁的爸爸：「是這個出口沒錯吧？」我們的車駛下交流道，行經固定的路途停在爺爺家門口，準備和他再過一次春節或元宵或端午或誰的生日，或只是單純想回去探望他。

奶奶過世後，爺爺自己豁達地又活了二十年，漸漸地，他在世界上已經沒有朋友了。和他關係最緊密的是一名照顧他十年的菲律賓看護艾達，就像爺爺晚年遇見的另一個女兒，也是我們家族的守護天使。

是她來應的門，我和爸媽走入社區的庭院，時序已經入秋，南國依然那麼溫暖，那麼適合一個老人與看護在這裡日復一日過著平淡安穩的日子。爺爺會坐在客廳用放大鏡讀著他的《聯合報》，聽見開門聲會很有元氣地說：「哦！回來了！好好好。」待我們坐定，他會放下報紙，和我們閒話家常，我趁這個時候環顧這間承載著家族記憶的房子，也聞一聞爺爺生活的味道。

餐桌上的菜飯，茶葉的殘渣，他要艾達去市場買回來插在瓶子裡的花卉，還有各種維繫一個九十多歲老人身體機能的保健藥品，那些藥的氣味。除了衰老與退化，爺爺的身體大致上仍是健康的，他一手字寫得比我還工整有力。

十一點三十分，爺爺會請艾達開始幫他穿鞋、戴錶、戴墨鏡，我們去那間最常光顧的客家館子，爺爺照例點了一份肥腸，淺嚐一兩片，一邊自我叮嚀道：「不能吃多！」午餐過後，我們會回爺爺家再喝一杯茶，稍微坐坐，就開車回台南。

那天如果有反常的地方，是我和爸媽臨時決定睡一頓午覺再走。我到二樓從前爺爺和奶奶的主臥室睡了一場好深好沉的覺，是那種在極度安心的狀態下才有辦法進入的深眠。醒來後，覺得人生好像南柯一夢，而且夢到了國中時最好的朋友。

記憶回溯至此，我發現那天最反常的地方了——我們要離開時，我和爺爺說再見，他沉默了，這是三十多年來的第一次。眼看爸媽已經走到院子穿鞋，我回身再和爺爺說了一次再見，這次緊緊握住他的手，但他依然沒有回話，只是抬頭看著我。那時我還沒意識到，那就是告別的時刻。

法醫開立的死亡證明，白紙黑字上面是這麼寫的：「急性心肌梗塞，屬自然死亡，二〇一八年十二月二十二日，清晨六點二十分。」分離二十年後，爺爺到天堂牽起了奶奶的手。

爺爺是台灣島上幾乎凋零殆盡的「大時代」人物，民國八年出生於湖北武漢，一輩子沒見過親生父親，從小由叔父養大，稱自己的親生母親為伯母。二十四歲那年進入空軍服役，任補給中隊副中隊長，歷經西安事變、對日抗戰、國共內戰、國府遷台、八二三砲戰、台灣經濟起飛、民主化、政黨輪替，直到才剛席捲高雄的韓流（他在投票日一早就坐著輪椅去行使公民權利了）。

相較於我的偶像約翰．藍儂、大衛．鮑伊、傑克．凱魯亞克、路．瑞德、李歐納．柯恩、金庸和楊德昌，爺爺比他們都更早出生，然後更晚離開。他在這世上活了一整個世紀，自己就是一個時代。

為了彌補被戰火剝奪的學生年代，爺爺退休後花了十九年修習空中大學的課程，一個外省老兵，就這樣孜孜不倦、皓首窮經，最終修得一百五十個學分，豐盛得足以讓他領取人文與社會雙學士學位。台北的畢業典禮，是爺爺第一次見到他的「同學們」，合照時他穿上學士服、戴黑方帽、胸前別了一朵塑膠花，整個人像一尊佛，與校長老師坐在第一排。那年，爺爺已高齡八十六歲。

我在各方面都受他的影響很深，如家中的東西要收拾整齊，對未來保持著一種樂觀，喜歡到處趴趴走，而且每天寫日記。我遺傳到爺爺鼻子的形狀，身體裡流著他的血。爺爺以身作則，總讓我覺得當一個讀書人，一個寫文章的人，是值得驕傲的。

我第一本書出版時，他來參加高雄場的新書發表會，出第二本時他沒辦法在外頭連續坐上一兩個鐘頭了，依然在發表會結束前到場和我握手，說聲恭喜。又過了四年是第三本書，爺爺的身體再也禁不起長距離的移動，但腦袋仍一清二楚，活動前幾天他用智慧型手機打電話給我，告訴我他不能到場，祝一切順利。

幾天後我的電話又響了，爺爺在話筒那頭說，他已將整本書都讀完了，並在扉頁寫了幾行讀書心得，請爸爸翻拍給我。我在高鐵上把那張照片點開，看見蒼勁的筆跡寫著「已讀按讚」，覺得自己擁有全世界最酷的爺爺！

九十六歲那年爺爺決定受洗，已在安排自己的後事。告別彌撒舉辦在爺爺家附近的天主教堂，我們和神父、祭司、教友和其他來送陳老先生最後一程的街坊鄰居一起唱著〈奇異恩典〉，我在棺木前吻別了爺爺。火化後，他的骨灰罈在家人的陪伴下送到小港的墓園，就放在奶奶的旁邊。

送別的儀式結束了，上計程車前，我摟著媽媽和姊姊放聲大哭。當下我同時感覺到完結與新生，一種暫時只能透過悲傷的形式表現出來的喜悅，我知道我將迎來長達四十年的爺孫關係的2.0版本，爺爺只是換一個地方活著。

返回台北隔天，我拿著爸爸給我們的紅包袋到忠孝新生附近的銀行準備存入爺爺的遺贈。他留給每個孫子八萬多塊，不是多大的數目，換成千元鈔仍是厚厚一疊。幾經震盪的一年總算就要過完，天很陰，雲低低的，街上下著一點雨，我從銀行轉入濟南路打算找東西吃，經過一家義式小館，忽然憶起爺爺還能上台北找我們玩的日子，我和姊姊、姊夫以及仍在學步的外甥女陪他在那邊吃過一次飯。

當天爺爺點的是什麼呢？照例是黑咖啡加上糖奶，羅宋湯配奶油麵包嗎？他是不是為了帥氣又在室內把墨鏡給戴上了？我在小館前駐足，那一刻，深深感覺到爺爺的存在，他的遺贈不只是剛剛被我存入的遺產，更是他整個精采的人生，和我們分享的每一則記憶。

生命是一門時間的藝術，在我心中，爺爺一直是優游在時間裡的大師。本質上是一場生前告別式的九十九歲生日聚會中，他對在座的族人說：「沒什麼好悲傷的，到時微笑送走。」

在那條漫無止境的時間軌道中，未來將不再產出關於爺爺新的回憶。我們能反覆述說的，是那些已經發生過的故事。

少年們，安嗎？

他長得很瘦，像竹竿一樣，一陣風吹來好像就會跌倒。台南其實不常起風，他跌倒的模樣是我想像出來的，對十二歲的少年，很多事都只能先用想的，包括那些跟女生的事。班上同學都叫他「條仔」。

我跟條仔國一時同班，我比他矮一點，身高都是從班上的前面數過來，在教室坐最後一排當鄰居。考試我會罩他，有人鬧事他就挺我。條仔的爸爸在鐵工廠做工，媽媽在黃昏市場賣菜，放學後同學都去補習，他就回家幫忙。條仔在校外的生活感覺比上學還累，上午的課都趴下來睡覺，成績從班上的後面數過來。

我們當了一年同學，國二能力分班，條仔被分到後段班，教室在學校比較陰暗的角落，旁邊就是資源回收場。自習課時，他會跑過來找我，說班導不管他們，只要別翻牆出去，到哪邊遊蕩都無所謂。我羨慕條仔的自由，能把封閉的校園當成遊樂場，我也注意到，他身上開始會飄來一種——好像是菸的味道？

條仔因為頭髮的長度、顏色，有沒有把制服紮進褲頭，書包是不是斜背在身上（校規明訂不能單肩背），這些有關「服裝儀容」的鳥事一天到晚被叫進訓導處罰站。他的面容慢慢變了，變得比較老成，比較不在乎。

國二下學期從屏東來了個轉學生，個頭不高，手臂掛著一圈肌肉，有一頭分不出是染的還是天生的褐色鬈髮，綽號叫「捲毛」。耳語很快在校園裡流傳開來：捲毛本來是枋寮一所國中的老大，在那邊闖了禍，被送少年觀護所。出來後，他老爸（聽說是個搞政治的）關說到我們這間學校。

很快的，學校裡的小流氓本來要繳保護費（香菸或球員卡）給國三的老大，就繳給了捲毛；本來國三的老大也改叫捲毛一聲老大。因為被關過，捲毛的年紀可以上高中，超齡的他，心裡好像有個黑洞，能把周遭最微弱的光都吸進去。條仔開始當他的小弟，到處幫他搜刮東西。

兩個人形影不離，像七爺八爺在校園各處掃蕩，除非真的出現「太白目」的人物，他們沒事不會來好班找麻煩。明明讀同一所學校，從同一個正門進去、同一個後門出來，好班和壞班彷彿身處完全不同的時空。我們整天考試，惦記著黑板上「距離聯考還剩多少天」那不斷減少的數字；他們到處圍事，恪守著自己的「義氣」。

條仔是捲毛忠心耿耿的小弟，捲毛是照顧他的大哥，兩人合體時自帶氣場，形成一道外人攻不破的牆。他們的存在像一種展示，展示給老師看，給月經來潮的女生看，給回家看色情漫畫打手槍的男生看。每天似乎都不用上課、不用升降旗、不用掃地倒垃圾，甚至不用吃飯。

他們像活在電影裡的人。

我們讀國中時，是電動遊戲間最風行的時候——快打旋風、沙羅曼蛇、雙截龍、魂斗羅，還有賭錢的「麻仔台」。學校附近就開了好幾間，每間都有不同的「加值服務」，有的兼賣黑輪米血（蘿蔔湯可以無限續喝），有的出租漫畫和武俠小說（要A的就去裡面的小房間找）。

還有的，裝了一排神奇電話，坐在前面會有女生打來，叫你繼續往裡面投錢。

每次週會，長得一臉橫肉，比流氓更像流氓的訓育組長會向全校同學耳提面命，有擺賭博性電玩的場所不能去！他會去站崗，抓到一律校規處置。他說，那些電動間會在空調裡施放安非他命，用毒品控制青少年，讓你們聞上癮。

條仔常被捻到訓導處被訓育組長修理，手掌和小腿爬滿一條條紫色的瘀青，是被藤條打出來的。他不只一次跟我說過，畢業典禮那天要給訓育組長蓋布袋，甚至，拿刀給他砍！噴這些話時，條仔面露凶光，國中還沒讀完，他已經把自己活成了大人，給女友開苞，去牛肉場看秀，有一個想殺的對象。

我國三那年，有一次條仔叫我跟他們去唱歌。我要同學幫我跟數學補習老師說我生病了，然後偷偷把單車騎到「ＫＴＶ庭園包廂」的門口。一間間包廂全是獨立的平房，像五顏六色的飛碟屋排在一塊空地上。我推門進去，看見捲毛坐在沙發上唱巫啟賢的〈傷心的人更傷心〉，他揮揮手，叫我坐到他旁邊。

全校最大尾的人就坐在我身旁，不知為何，我當下不覺得害怕，捲毛只是看著我，用一種觀察異星生物的眼神。他問我要不要喝沙士，就繼續唱他的歌。我盯著捲毛腳趾上的刺青，覺得我聽說過的那個「壞人」，和現在坐在我旁邊這個心性定靜，還會用腳底板跟著打拍子的人，好像是不同的人。我並不討厭他。

條仔在房間另一頭跟另一幫人喬事情，喬完後他們把女生支開，把白色結晶體的東西撒在桌上，拿出瓶子和吸管，組合起來有點像澆花用的水壺。「你不會跟老師講齁？」捲毛笑著瞥了我一眼，吸完就把傢伙傳下去，包廂裡傳了一輪停在條仔手中，他沒再傳給我。

「德仔，今天找你來，是我們老大想認識你……」條仔拍著我的肩，「聽說你太出鋒頭了，有人想弄你，捲毛叫我找你來看看。但你別擔心，我看捲毛應該有喜歡你，我們會幫你擋。」

條仔跟我說他之後的打算，想去學車床，再到台北找機會賺錢，「聽人說，西門町的馬子都很正！」他空洞的眼睛難得射出一道光芒。我說，以後也想去台北，但沒說的是，我們會走很不同的路上去。離開包廂前，他們把點燃的香菸一根根彈到沙發和窗簾上，用手指縱火，在青春的荒原。

三十年後，我到西門町看了午夜場的《少年吔，安啦！》，是4K修復的版本，散場後走在漢口街上，竟然淚流不止。電影上映的一九九二年，就是條仔和捲毛與我的生命交會的年代，他們和劇中的阿國、阿兜仔一樣到處逞凶鬥狠，用吃了炸藥的嘴巴罵人，也吸安——你看三小?!說話時永遠殺氣騰騰，要用氣勢把對方壓下去。

影評人巴贊（André Bazin）說過：「寫實主義是電影的浪漫主義。」無論片中的鼻頭角，還是條仔載我去過的安平港，九〇年代的台灣，不知道有多少這樣的少年？他們狂野又麻木地，用力踹著自己的靈魂，在電子花車和一攤攤香腸熟肉間打發時光，最後浪跡天涯，去當台北孤兒。

究竟是我們比較像電影，還是電影比較像我們？

影片最後，阿國在賓館被殺，那家「可愛大旅社」就開在漢口街。我在西門町奇異的夜色中找不到可愛的影子，一如現在已經沒有林強和羅大佑會一起表演的酒吧，伍佰比吳俊霖更出名，陳松勇不會再接演下一部片。那是個回不來的時代。

阿兜仔在片中說：「做流氓要學做人，要當事業來做，要忍耐。」這部片的監製，也和林強合唱了〈無聲的所在〉的侯孝賢，在一部紀錄片裡說過：「我很懷念雄性的世界，像一群狗的世界，彼此爭誰帶頭。」

在我已然褪色的記憶中，條仔和捲毛後來都沒去畢業典禮，訓育組長沒被砍，如今已是白髮蒼蒼的老人，有時我回台南，會看到他一個人在公園裡甩手。當時的少年，現在都驚心動魄地活到了哪裡？

陳年的影像，修復的不只是畫質。電影鏡頭，緩緩搖過我們的青春。

空白試卷

床頭的鬧鐘滴答滴答響著，子夜二時，整條街都沉睡了，左鄰右舍只剩我還醒著，躺在床上掙扎。

房門的衣架掛著明天要穿的制服，纖維裡吸滿高中男生的汗味，一種輕浮的味道。綠書包掛在另一個鉤子上，夾層裡是各種「課外」的遺物——燒了一半的香菸、補習班女生傳來的紙條、色情漫畫的借據。

我雙手抱頭，想著該不該把自己架回書桌前，去翻那一堆張牙舞爪的講義、參考書、補充教材和大考小考的訂正考卷。

明天就是段考了，浮動的心思卻無法停駐在任何一個科目上。我的意義世界，只容得下籃球場上打不膩的鬥牛賽、火車站旁邊唱片行架上的ＣＤ、補習班短髮女生的背影，這些十七歲男生好像理所當然要關切的事物。

如果校外有個理想的世界，那裡沒有微積分、沒有阿留申群島、沒有狄克生片語、沒有子曰：「君子無所爭，必也射乎！」、沒有甲午戰爭發生在一八九四年。

算了！我放棄掙扎，把鬧鐘設在清晨五點。我安慰自己，媽媽會在六點半叫我下樓吃早餐，還有一個半鐘頭能把今天要考的東西看一看。媽呀，今天要考的東西……桌上堆得比山高的書，黑暗中發出陰森的光芒，在我的意識邊緣閃爍著，弄得我徹夜難安。是睡著了嗎？還是一直醒著？麻木的身體一點一滴沉入一個浮幻的空間，我的皮膚能感受到卡其制服的觸感，右手僵硬地握著原子筆，在一間無窗的教室寫著鬆鬆軟軟的考卷。

我像個犯人被關在那裡，帶著難受的羞恥心。

寫下的字像湖心的漣漪在紙的表面暈開，散成一團一團模糊的藍色，從書桌的四個角落掉了下去。我來回塗塗寫寫，考卷依然一片空白，而且愈寫愈薄，愈塗愈濕……

監考老師打扮得像中世紀的女巫，惡狠狠的眼神不斷朝我的方向射過來！她是不是知道我什麼都不會寫，乾脆讓我什麼都寫不上去？

「同學們，再五分鐘收卷！」巫婆用沙啞的菸酒嗓在講台上喊話，臉上擠出一種猙獰的表情。我全身緊繃到不行，神經打成一個個死結，額頭噴出暴雨般的冷汗。就要收卷了啊！我還是一題都沒有寫……

就在我要放聲大叫的那一刻，一個惡夢喚醒了另一個——床頭的鬧鐘響了！枕頭邊的 iPhone 也響了！我同時從兩個夢裡驚醒，醒在一九九六年段考當日的清晨，也醒在二〇二三年一個悶熱的上午。

「你今天下午有一個牙醫預約。」Siri 在耳邊提醒我。我的腦袋沉沉靠著枕頭，眼睛張了半開，像從地獄歸來似的對天花板大喊：「操！怎麼又是考試夢？」

Dreams are messages from the deep——夢是來自意識深處的訊息，電影《沙丘》用這句話揭開序幕。英國樂團 Radiohead 有一首歌叫〈Daydreaming〉，曲調沉緩、哀傷，像一場恍惚的白日夢。主唱湯姆．約克有一回現身美國深夜脫口秀時段，和主持人史蒂芬．荷伯討論夢的意涵。

湯姆向史蒂芬解著夢：「夢是生而為人的根本，如何釐清和他人的關係，如何和社會共處，消化發生在我們身上的事，都需要夢這層介質。睡著時的生活，和醒著的生活對身心一樣重要。」

慧黠的史蒂芬追問道：「那，你會作重複的夢嗎？」

湯姆露出狐狸般的笑容，狡猾地說：「我會，但很幸運地，我都記不得了……」

我是個常作夢的人，多數內容都在醒來的那一刻就忘記了，只剩下一片浮影。倘若夢有回溯的黃金時間，是起床後半個鐘頭內。刷牙洗臉或吃早餐的時候，有時會靈光一閃——咦？昨晚是不是夢到了什麼？

一個尚未完全清醒的人，一腳踩在夢的邊界，另一隻腳踏入嶄新的一天。他的身體在兩種維度間拔河，然後慢慢地，從一處挪移到另一處，像在峭壁上橫渡。

而在某個難以察覺的時刻，轉換忽然間完成，他不會再去想夢中之事，就這麼「直接降落」到日常的現場，再次把自己武裝起來，與今日的困難拚搏。這樣不著痕跡的過渡，是人得以維持雙重生活的本能。

其實進入夢鄉也是一瞬間的事，你記得夢的內容，但你記得夢的**開始**嗎？

重複發生的夢，之於我是考試夢，無一例外全是惡夢，總出現在有一件壓力超大的事的前一晚。我很久沒拔牙了，一顆生病的臼齒要被牙醫拔掉，接下來還要面對植牙手術。原來這件事教我這麼懼怕，遠超過自以為的程度。

說來好笑，一個離開校園二十多年的男人，還有一個焦慮的自己留在考場中。台灣升學主義巨大的威壓感，在許多年輕心靈裡留下暗影。病態的考試文化，衍生出不安、挫折甚至羞辱的情緒，逼使人在成年後仍得一次一次回到考堂，透過夢境直達壓力之源，直到有一天能被萬能的時間給消解。

年過四十，考試夢發生的頻率確實降低了，也許寶貴的睡眠時間，有其他更切身的事等著我用夢去處理吧。當代公認的健康睡眠是八小時，佔一天的三分之一，這是人類歷經工業革命後，生理上調配出的黃金比例。

現代作曲家馬克思．李希特曾為神祕的睡眠行為創作了一張《Sleep》專輯，長度就為八小時。他巡迴各地，在不同的室內或戶外場地，從深夜到黎明演奏完整張專輯。舞台下擺著上百張行軍床，觀眾也能自行攜帶枕頭、睡袋入場，他們既是聆聽者，也是沉睡者。

在紀錄片《李希特舒眠曲》（*Max Richter's Sleep*）中，作曲家表達了和湯姆相似的看法：「睡眠時的意識，對建構我們清醒時的生活至關重要。當我們沉睡時，自我並非缺席，只是處在另一種感知狀態。」

而人有不願重來的夢，也有很想再現的夢。

爺爺走的那年，我一直很想夢見他，但他一直不來找我。他過世後我第一場新書發表會的前一晚，竟然就夢到了爺爺，情節很模糊，都是些家常的畫面，好像從前用Ｖ８攝影機拍的家庭電影。沒有聲音，時光在背景慢慢地流淌。

隔天我被雨聲吵醒，大雨霧濛濛地落在陽台上。我們是作夢的人，還是夢本身？我從床墊上起身，房間收拾得很乾淨，爺爺已經來過了。

倒數七十二小時

總是先聽見火車聲，才注意到其他的聲響：酒杯的碰撞、來客的交談、腳步聲、牆外摩托車引擎熄火前的聲音，還有店裡砰砰砰的搖滾樂。

火車大約每半小時一班，帝王駕到似的，轟隆隆把其他聲音全部掩蓋過去。列車經過時地板會震動，窗戶搖晃起來，人的專注力也被帶走一些，「啊！是火車呢。」店裡的人同時安靜下來，等列車開走再繼續前一刻的話題。

是啊，火車呢！台灣還有幾座城市的店家，人坐在裡頭，整個身體都能感受到那種威風凜凜的聲勢？但再過七十二小時，與疾馳的列車共存的經驗，將成為客人記憶中的景觀，或許再過幾年，火車也將消失在這座城市的地平線。

時間是二〇一八年末一個頗有寒意的深夜，台南次文化地標「Kinks 老房子」將在三天後歇業。店主林文濱的說法是：「Kinks 從二〇〇五跨年開幕，到二〇一八跨年結束，在台南十三年功成身退。」

歇業不是因為生意不好，這些年到台南的人都見識過遊客湧入的盛況，他們替府城帶來百業繁興的觀光暖流，神農街、信義街、正興街幾條熱門的文青動線兩側，新店一家接著一家開。其中有幾家屹立不搖的老字號，店名就叫「老房子」的Kinks儼然是座精神堡壘。

早在台南榮登台灣「小旅行」勝地之前，第一代Kinks就在民權路上開業了。那時林文濱剛離開台南誠品音樂，用唱片行店員的資本起家，把他醉心的次文化情調搬進那座空房。南國的野小孩多了個精神寄託，沒事就往他的店裡跑。

林文濱，朋友都叫他阿濱，一頭重金屬Rocker的長鬈髮，是個健身狂。我最早也是在誠品音樂認識他，當時他還沒開始練身體，是靦腆的音樂宅男。開店當頭家後，膽識和肌肉一起愈練愈大，不過待人依舊和和氣氣，雄壯的背影寫著「鐵漢柔情」。

阿濱閒來無事就跨上老檔車在市區兜風，像個不送信的郵差，在巷弄間穿來穿去考察古城的地產。

有一次梭巡，他在青年路的鐵軌旁發現一棟荒廢多年的老屋，與軌道相隔僅十公尺。阿濱按照門上的電話打給房東，承租下來，花了三個月動手改造，替每一面牆都塗上一點頹廢的詩意，然後開門接客，展開日日夜夜聽著火車呼嘯而過的生活。

第二代 Kinks 開張時，台南正要迎接觀光的大潮，旅遊熱度愈燒愈旺。景氣最好的那幾年，那是一家白天開始營業的酒吧，早晚班各聘請一名店長張羅店內的事。火車從外地載來一批批好奇的遊客，他們拿著旅遊指南從前站出來，沿著與軌道平行的北門路找到 Kinks，準備探探傳說中「老屋欣力」的傑作。

這家店的命運，也無可避免和鐵道牽連在一起。鐵路地下化的工程使鐵道必須東移，而 Kinks 不偏不倚擋在東移的第一線，雖然自救會抗爭多年，南鐵不再是全國關注的焦點。那是城市「進步」的代價不是嗎？未來蓋起的新公園和華美商場，會讓市民淡忘過去的軌跡。

新上任的市長明確宣示，南鐵東移的「目標不變」。那些目標，即一整排在鐵道旁佇立了數十年的平房老厝。

Kinks 的鄰居都已撤守了，它隔壁原本是一家叫 Free Will 的酒吧，但再強的「自由意志」也抵擋不了政府徵收土地的決心。一牆之隔，僅剩崩塌的瓦礫堆，斷垣殘壁中停著一輛鮮黃色的怪手，冬夜裡發著磷光，隱隱點亮圍欄上那面「拆除中」的看板。

幸好 Kinks 還在，至少今夜還在。

它斑駁的紅磚牆前，一路延伸到對面的軌道邊，停滿客人的摩托車，握把上掛著一頂頂安全帽。我不確定其中有多少人是要來聽我放音樂的——早在年中阿濱就囑咐過我，年底 Kinks 關門前要選一個晚上來放歌。

今晚大部分的客人，來喝酒的原因根本就和誰要在這邊放歌沒有關係。他們過來，是想在這座城市清除自身記憶以前，坐在前庭或後院，再聽一次火車經過的聲音，再看一眼牆上的塗鴉或那幅擺在門口旁的 Joy Division 海報。

他們過來，是想聞聞蚊香的味道，在高談闊論時把寶亨牌香菸彈進菸灰缸，配上一口名為「藍色珊瑚礁」或「青春電幻物語」或「新橋戀人」的調酒。直到最後，也許才會注意到ＤＪ檯播出來的 Black Sabbath 和 Smashing Pumpkins。

對這座沉悶的古都，Kinks 不單是一個販售酒精與播放Ｂ級電影的地方，它是南國的欲望地帶，是無聊城鎮裡怪奇之人逃跑的目標。他們在這裡確認了彼此的存在，接通青春的號碼。

而這些點點滴滴，都將隨著貼在廁所那張「反對台南鐵路東移」的貼紙被怪手撕去後，存封在青年路二三二巷二十五號這面即將作廢的街牌裡。

我在凌晨一點五十五分播了最後一首歌，英國 Kinks 樂團的〈Lola〉，拿下耳機，和阿濱及幾個熟客出外找東西吃。那些面熟的臉我總是記不住名字，他們就像店的一部分，常駐在那個理想國。店收了後，他們要流竄去哪呢？

夜風很涼，大夥跨過鐵軌，到圓環邊繞了一圈。舊城區的冬天比較蕭條，連假的週末竟然沒有一家宵夜攤開著，最後在路邊隨便找了家豆漿店填肚子。臨別時我跟阿濱說，回台北前還想再看一看 Kinks，我還沒看過它在白天的樣子。

隔天上午我到地下道旁吃了一碗李安很愛的外省麵，再沿鐵軌走到 Kinks，推開它半掩的鐵門。阿濱已經到了，跨年後就要滿四十歲的他，仍是一身T恤、牛仔褲、白布鞋的九〇搖滾打扮，笑起來的樣子，好像剛集滿人生第一箱唱片。

庭院的微光中，他和女友整理著戶外的桌椅，等等還要替冰箱的啤酒補貨，畢竟還有三天的生意要做。他細數散落在老屋各處的家私，一邊帶我穿越前庭與後院，給 Kinks 做一次最後的巡禮。

「只剩我們撐到最後一刻，其他都拆光光了。」

院裡有幾株他種了十年的樹，他摸著它們的葉子，說要趁房子被拆之前想辦法把這些樹移走；穿堂的角落堆置著他珍愛的骨董家具，吧檯邊收納著台南最齊全的B級片Collection。他在腦海造冊，知道每一樣東西的位置，記得所有的來歷。

兩人走到前廳，沙發旁有一盞樸素的立燈，阿濱指著它說，那是從前唱片行同事的媽媽過世後留下的遺物，是進駐Kinks的第一樣家具。

我和這位造物者站在他創造的天地裡，十二月的冬陽從古老的窗格灑落進來。空間彷彿還迴盪著昨晚播過的〈十萬嬉皮〉，這時轟轟烈烈的，又有一班火車開過。

再見南國

慢車行至高雄，原本在地底延伸的軌道，經過鳳山後浮出了地表。窗外的黑幕忽然一閃，換上明亮的景框，乘客的視線在街道中舒展開來。

從這裡往南，是我多年未曾踏入的地域——後庄、九曲堂、六塊厝，終點是屏東。默唸那些站名，好像從遠處呼喊多年不見的朋友，心裡有一股輕淺的回音。

一些好久沒聽的歌在耳邊自動響了起來，旋律像記憶的標本，存放在一個名為「二〇〇一—二〇〇三」的抽屜：Ben & Jason、Stereophonics、New Order，每個樂團都對應了一段往事，朋友回頭看我，他也在歌裡。

二〇〇三是我退伍的那年，離開部隊後我最南只到過高雄。雖然爬過北大武山，接駁車全程都走快速道路，繞開了屏東市區。入住的登山客棧位在山腳，是遷移的原住民村落僅剩的一戶，幽微的燈火從矮牆透了出來，明明滅滅，增添了山地的寂寥。

北大武是台灣最南的一座百岳，走入崇偉的山體，彷彿進到一個與平地無關的垂直世界——氣候、植被、生物的種類和人的視野，都因海拔產生變化。以座標來說，攀登時我在高雄之南，卻覺得自己更像在島嶼的「上方」，而不是南方。

我說的南方，是屏東，我當了兩年兵的地方。我說的南方，是墾丁，南國的孩子把青春留在了海邊。

退伍日就像生命的分隔線，一旦跨過去，兩端再不相干。那天我換上便服，從連長手中接過獎牌和退伍令，把摩托車騎出了營區。部隊裡我是管錢的士官，時常需要外出洽公，憲兵默許我和其他連的行政把車寄在營區，回營時我們再把香菸塞進他們的口袋。

最後一次騎出大門，我沒有回頭。日落前在鄉間小路上催著油門，飆上省道。曾經收留過我的場所，一個個在後照鏡裡漸遠……早餐店、圖書館、網咖，再會了！車站對面的託運行是摩托車的終點站，我接過取車單，跳上北返的列車，回到家大喊了一聲：「我退伍了！」

爸媽才剛下班，在客廳裡等我回來，他們看到平安歸來的兒子，感激的眼神似乎帶著新的擔心。那天我二十四歲，站在分隔線上眺望未來，希望和恐懼好像是同一件事。

訴說成長故事（coming of age）的電影，常見車站送行的場面，主角背著行囊在家人的目送下跨進車廂，靠在車窗上向月台揮手，眾人淚眼婆娑。火車朝未知世界飛奔而去，把他放到一個遙遠的異鄉，那裡有一座工廠、一所寄宿學校，或戰爭中的廢墟在等他。

人生是一場生存遊戲，被送走的人懵懵懂懂在場上拚戰，抵禦著各種刀光劍影。停戰的夜晚，他躲在壕溝裡啃著口糧，看著滿天星光，突然想起一些曾經讓他苦悶，後來卻變得甘美的回憶。就像阿甘在越南想起了珍妮。

我很常夢見當兵的日子，夢中的情景，總是溫暖乾爽一如南國的日光。如果有機會去上「超級任務」，最想請特搜組長幫忙尋找的，就是當年照顧我的連長。

相同的空間，流失的時間，簡直像變魔術一樣，二十年後我走出了屏東車站。

過去不是沒動過「回來看看」的念頭，尤其退伍十年最為強烈，連要住的旅社都研究好了，還在 Google Maps 用街景服務勘查以前常去的地點，就差一股訂車票的衝動。有些事也許就放在那邊，別去驚動它了。

這回是被拉入一趟巡迴台灣的演講，行程表上，赫然見到屏東是第三站。我跟巡講的夥伴說，自己先下去住兩天，他沒多問原因，大概以為我只是待膩了台北。

我深深吸了一大口氣，步出屏東車站的大廳。整座車站都架高了，立面打掉重來像另一棟建築，印象中灰撲撲的小站，被埋進時光的地洞。沒人拿花圈掛在我的脖子上，司機也懶得開過來搖下車窗，問我幾點回營。我怎麼看都不像個阿兵哥了吧？

迎接我的是這座城市本身，每向前多走一步，就更加確認這是我存在過的城——樓宇的高度、路的相對位置、天空那種晴朗的藍光，都和離開時一模一樣，不曾更動。連中山路和逢甲路口那隻迎賓的金色獅子，都維持相同的姿勢。

訂好的民宿在廈門街，靠近萬年溪的方位。我沿著民生路步行，在郵局前轉入菜市場，打烊的早市靜悄悄的，老人在藤椅上打著瞌睡，嘴裡唸唸有詞。小巷裡開著布莊、茶行、香鋪，一家賣蘿蔔糕的小攤靠在中藥房隔壁，棚上寫著「菜桃櫃」。

我在圓凳上吃了一盤，從另一攤再切來一份香腸，配著涼冰冰的紅茶。味蕾騙不了人，食物端來我就是個南部人。

民宿是藥房改建而成，客廳掛了一面「功成身退」的匾額，書櫃裡塞滿學術類書籍，展現出主人的學問。藥師過世後，下一代將老宅改造成民宿，保留先前的格局，有磨石子地板、深長的穿堂，浴缸貼滿小圓點磁磚，和我小時候在阿嬤家泡過的浴缸有同樣的花紋。

我住一樓唯一的客房，以前是診療室，對內開了扇窗。背包裡的東西被我一樣樣拿出來，放在桌上，像在無人的市集擺攤。

「你好，歡迎！這兩天只有你一個客人。」黃昏時我和管家打了照面，她來收院子裡的衣服。傍晚我從水族館那頭走進民族路夜市，找到管家推薦的小吃攤，點了一盤金黃香脆的虱目魚肚，飯後「甜點」是番茄，要沾醬油膏吃。

公用廁所藏在市場深處，緊鄰二輪戲院的售票亭；牆邊有一排麻將機台，版本停在上世紀不再更新，幾個歐吉桑叼著菸坐在塑膠椅上，摸著螢幕裡的牌。從我告別屏東後，他們大概就坐在那裡了。

市區的紅綠燈多了從前沒有的動畫效果，我穿過一列列小綠人，走到車站南邊的殺蛇溪，沿岸正在大興土木，要建新的公園。這片地無邊無際，遼闊得像火星表面，以前是台糖的糖廠。暗夜裡，我試著搜尋小四和小明在《牯嶺街少年殺人事件》裡依偎過的那棵樹。

隔天，藤椅上的老人醒了，拿著鍋鏟在鋁盆裡翻攪油飯。我到菜市口吃過肉粽和四神湯，去前站租摩托車，辦手續時才發現，壓根忘了帶駕照下來，實在太久沒租車了⋯⋯「你要不要改騎腳踏車？媽祖廟旁邊就可以租喔。」車行頭家站在店門口，熱心指著那座廟。

台北有 YouBike，屏東有 P Bike，共享是最棒的事！我照站牌上的指示開通帳號，跨上了 P Bike，一條路接著一條路巡遊，重新建立和這座城的關係。

那家光南唱片竟然還在，我在店裡買過陶喆的《黑色柳丁》。對街的電影院，是我自個兒看了《魔戒二部曲：雙城奇謀》的所在。眷村那一帶正在整修，樸素的磚牆、被歲月刷白的紅鐵門，植物在庭院裡攀高，好像爺爺奶奶從前在岡山住的屋子。我望著村裡的空地，如果夠專注，就會浮出跳房子的線條。

中午我將腳踏車停在北平路的餛飩大王門口，點了一碗麻醬乾麵，比印象中還要好吃！環顧四周，屏東像一個蛹，完好包覆了被時間壓深的畫面：那座天橋下曾是我躲雨的地方，我在那裡接過連長的電話。有次中秋採買，城裡颳起大風，我跑進網咖睡覺，醒來後收到一封信，標題是「我們到此為止⋯⋯」

人生第一次心碎，就在屏東。然後我想起當兵的弟兄們。

打了多年的盤算是，有一天重回屏東要去營區外頭看看，門前有一條綠色隧道，騎夜路回營時感覺兩側的田裡都是孤魂野鬼。有時洽公晚歸，小吃店的老闆會用發財車把我和其他行政一起載入營區，我們安靜地坐在小板凳上吹風，夕陽把年輕的影子拉長，風裡有自由的味道。

如今，得依賴這輛無變速的腳踏車了。我沿省道騎出市區，在麟洛鄉碰到一場午後陣雨，本來黏黏的風忽然一陣清爽，捎來樹的香氣。滿頭大汗騎了一個多鐘頭，總算抵達一個岔路口，再往南將通向恆春；我左轉進入內埔鄉，所見的景象像一幅愈來愈清晰的素描，被炭筆一圈一圈塗深。

恬靜的客家小鎮一如往昔，我來來回回不知穿越過多少次，採買過的五金行、雜貨店，圓環邊的消防隊和自助餐廳，沒有一家失了影蹤。我順著記憶的流向找到通往萬金的屏98線，奮力踩著單車，眼眶竟然愈來愈濕。

茂盛的檳榔樹後面，是一大片鳳梨田，大武山屹立在雲的深處，這是二十年前我每天要騎的路。

鄉路蜿蜒，空氣有熟悉的泥土味，我向山腳下騎去，直到前後沒有任何一棟房子。沁涼的山風中，一輛摩托車呼嘯而過，是那個即將展開新生活的二十四歲青年，他回頭喊道：「別忘了，你是屬於這裡的啊！有一部分的你，是屬於這裡的。」

當我雙腿癱軟無法再加速了，終於翻上那條林蔭大道。我騎到最底，拿起手機想拍營門前的坦克車，憲兵跑過來阻止了我，說這裡不能觀光。我讓P Bike調頭，兩排綠樹在前方筆直開展，我在路的盡頭看見的，是退伍日那天那顆紅紅的太陽。

小時候的遊樂場

國道3號在竹田鄉通過了台88線的交流道，往南州的方向延伸。太陽像一團火球掛在天空，把柏油路烤成反光的質地。我戴著墨鏡坐在駕駛座，握著方向盤的手被射入的光線曬得發燙。

台88線是一條東西向快速公路，它北邊還有台86、台84，都具備相同的功能。我年少時，爸爸開著韓國的Pony載一家人南下墾丁，這些東西向公路還沒建設起來，也沒有導航App會跟你說「發現一條替代道路，能為您省下兩分鐘」，好像那兩分鐘多了不起。

需要確認方位，爸爸會從遮陽板和車頂的夾層間（就是電影主角藏鑰匙的地方）取下地圖，在儀表板前攤開來找路。那是智慧型手機發明前的年代，公路系統和世界一樣單純，從台南到墾丁，幾乎能只憑直覺沿那條「最大的路」一直往南開，就會直抵蒽鬱的熱帶。

墾丁並不遠，遠的是心裡的距離。

對於南部的小孩，墾丁像一座不會打烊的遊樂場，它離海很近，也讓每個人離彼此很近。小學或國中的畢業旅行，會被老師帶去墾丁森林遊樂區玩，在販賣部用家裡給的零用錢買霜淇淋吃。日落前和死黨打著赤腳，踩進晶亮的貝殼沙灘，傾聽海潮的聲音——海說，記得你們現在的友情。

孩子長大後去到更遠的地方，發現了其他遊樂場。墾丁成為泛黃相片的背景，是最後一次看到誰或誰最後一次看到你的時光之洞。洞裡的歲月依然年輕，發生的每件事，都像里程碑。

我和此行的旅伴約定中午在南灣的餐廳會合，這趟「舊地重遊」之旅規劃好久了，大夥不是有家眷，便是工作繁忙，時間很難湊在一起。一票相識三十年的國中同學，以前去玩是說走就走，現在要提早好幾個月，甚至大半年前就說好，講定。

曾經玩是一種衝動，現在玩需要決心。

出發前我回家住了一晚，那輛Pony退役多年了，爸爸後來換了省油的日本車，陪伴他和媽媽的生活。知道我要開家裡的車「出遠門」，爸爸特地把車開去保養廠換了四個輪胎和新的發電機。他打開車庫的燈，鑽進前座和我解說暗鎖的位置，彷彿我是第一次開這輛車。

他輕描淡寫地說：「車每隔幾年本來就該保養一下。」兒子離家後去過更多遠方了，但爸爸心裡，開車出遊仍是大事一件，他用這種方式與我同行。

車上沒有其他人，我節制地踩油門，讓車速維持在一百一十公里。椰子樹隨著緯度降低愈長愈高，修長的枝幹在青綠田埂間輕輕搖曳，構成眼角的風景。新聞說，北回歸線每年以十五公尺的距離往南偏移，再過一萬年就會經過屏東。天氣好的日子，傘兵們看不看得見那座佇立在嘉義，漸漸被北回歸線拋棄的紀念碑？

一座傘訓場就在南州這帶，明朗的藍天，忽然一架 C-130H 運輸機像闖入畫面的飛船，從屁股吐出一朵朵飽滿的香菇。阿兵哥抓住手裡的傘，連成一線在空中盤旋，這幅從天而降的奇景，和省道旁的菱角同樣是地方特產。

上路後我一直播著林強的《娛樂世界》，那首輕飄飄的〈就這樣〉很適合開車，應該也很適合跳傘。專輯發行的一九九四年春天，我讀國三，正在準備高中聯考。春假時一家人到墾丁玩，我在車上反覆播著那卷卡帶，也不管其他旅客同不同意。

其他旅客，是開車的爸爸、後座的媽媽和姊姊。昨晚我躺在自己的房間，思索著那是不是一家四口最後一次開車出去玩？將近三十年前。

六月的氣候變幻無常，一到恆春下起大雨。南灣旁找到一個車位，岸邊的遊客紛紛躲到陽傘下，雨滴把海面敲成半透明狀，我用力吸了一口氣——啊！海的氣息。餐廳賣的是義式料理，午餐時段座無虛席，餐後我們到鎮上採買，把一手手啤酒搬進後車廂。開往民宿途中雨停了，輪胎濺開了幾個水窪。

攜家帶眷一共十人，我們在關山和白沙灣之間的小山坡包了一棟民宿，是寬敞的白色平房，院子種滿熱帶植物，屋頂可以瞭望鄰近的海洋，與包覆著這座丘陵的棕櫚樹。行前在地圖上看過民宿的位置，就在台灣最下方兩條岔開岬角的中間。

海角天涯，我們就住在這裡。

黃昏時出現瑰麗的晚霞，大家披著毛巾，換上拖鞋，到白沙灣玩水。上次一起站在這片沙灘，是一九九八年夏天，我們升大二的暑假。當年十九歲的女孩，牽著先生的手在白色泡沫上漫步；當年十九歲的男孩，依然快活地奔跑，互相丟著飛盤。

一不小心那個塑膠圓盤飛進茂密的防風林，林子裡，藏了好多上世紀的失物。

入夜前的海有最深邃的表情，我半身泡在水中，一陣浪拍打過來，讓我記起那種暈暈的感覺。高達《狂人皮埃洛》片尾，安娜．凱莉娜逃到海邊，發現了永恆，「是大海。」她悄聲說：「帶著太陽遠走高飛吧！」

民宿的庭院擺了一張烤肉桌，我們預訂的食材在傍晚送達，兩個大紙箱，分裝著火種、木炭、夾子、醬料、吐司和各種生鮮，份量吃起來剛剛好。從前大家是童軍團的，迎新、送舊，三天兩頭請公假參加各種「考驗營」。而烤完肉就是熱鬧的營火晚會！

朋友們　大家看

太陽已下山……

夥伴們圍成一圈跪在營火邊，唱著那首〈晚會歌〉，體內浮出了一股悸動，關於身旁的男孩，也關於女孩。營火在歌聲裡燒旺，然後熄滅，隔年另起一堆，點亮另一場神祕的儀式。直到大夥成年，遠離了那座風雨集合場。

僻靜的小村，只剩這棟白屋亮著燈火，媽媽們先回房間哄小孩睡覺了。男士負責收拾餐具，喇叭這時響起〈夏夜晚風〉，手機真的會偷聽。

從民宿開到森林遊樂區，不過半小時車程，這段路卻彷彿漫無止境，每個路口都有往事的投影——國家公園的牌樓前，大學時我和女友騎過協力車。那家高山青飯店，我們家每次到墾丁都住那裡。整修中的觀海樓，我和社團夥伴曾踩著直排輪到頂樓看海。

而大尖山腳的六福山莊，依稀還響著轟轟轟的搖滾樂，春天曾在那裡吶喊。回憶像個老朋友，等你回來拜訪他。

恆春半島的陽光會刺人，走在潮濕的山區，身體像浸在水缸裡，皮膚無時無刻沾著一層薄膜。森林內是蒼莽糾結的熱帶景觀，一片深濃的綠；步道旁的黃灰澤蟹對人的腳步無動於衷，繼續橫向前進。

午後我們到萬里桐的咖啡廳找阿定，他是我在雪山西稜縱走認識的朋友，在恆春一帶開店。下山前夜我們在溪邊生火，我說自己快二十年沒去墾丁了，阿定要我有機會來找他。他喜歡衝浪，移居島國之南，標準的「海人」膚色，黑得很健康，在海邊看起來比山上年輕。

他從店裡撈出幾套潛具，帶我們去浮潛。這還是我第一次浮潛，習慣用嘴呼吸就可以隨波逐流。近海地帶有一條冷暖的交界，鮮豔的小丑魚游過面前，我興奮踢著蛙鞋，想追上牠們，幾個動作就和阿定分開了……突然左膝一陣刺痛，我順著海流漂回岸上，脫下蛙鏡，膝蓋上有個被珊瑚礁岩劃開的傷口。

離開那天，車駛過墾丁大街，遊客們在路邊排隊，要買「風景區」才有的一整顆椰子汁。大夥在鵝鑾鼻燈塔下拍了張合照，小孩身上和我們年輕時一樣，飄著鹽的氣味。海風輕輕吹來，吹過青春的足跡，我們被別人難以明瞭的經歷聯繫著。

記憶中的墾丁，與此時此刻的墾丁是不是同一個地方？我買了杯冷掉的咖啡，沿著省道開回台南，海岸線在身後慢慢退遠了。

三壘後方

球場外好像週末的夜市，總是人聲喧嚷。有兜售黃牛票的歐吉桑，排隊兌換外野參觀券的學生，叫賣小吃涼水的攤販。也有穿寬鬆襯衫的流氓圍在樹下抽菸，打量著眼前這番熱鬧。

我和幾個同學約在健康路的牌樓下，等著看晚上六點半的球賽。這天是禮拜六，學校只上半天課，社團活動結束後我就騎腳踏車趕來棒球場，要看兄弟象今年最後一場台南的比賽，對手是地主軍統一獅隊。

這是職棒五年，我們剛上高中的一九九四，中華職棒的年度口號是——**邁向更高點**。

我們幾個土生土長的台南小孩，很奇怪，不挺地主的統一獅，跑去支持台北的兄弟象。大概是西瓜偎大邊吧？兄弟象已經連奪兩次總冠軍了，這個球季的戰績又遠遠把第二名（對，就是討厭的統一獅）甩在後面，三連霸看來是囊中之物！

天轉涼的十月，我把學校新發的運動夾克拉鍊拉高，站在擁擠的路口繼續等。香腸攤老闆正和人客賭著「十八啦」，一陣肉香飄來，害我肚子也餓了起來。幾年前我和香港回來過暑假的表哥會從阿嬤家出發，沿著大同路穿越體育公園，走過牌樓來看比賽。

表哥是味全龍的球迷，原因是他很喜歡龍隊的洋投手「黑將軍」史東。但我覺得，他只是不想跟我支持同一隊。

我變成象迷是小學五年級那年，在兒童美語教室被隔壁的同學推銷成功。有一堂課，外國老師問：「Who is your favorite person? Please draw a picture.」我旁邊的男生在紙上畫了背號33的打擊者，他向左扭腰，帥氣揮擊。男生崇拜地說：「他是棒球先生李居明喔！在兄弟象隊打球。」

那年是一九九〇年，中華職棒在三月十七日開打，元年的口號是「清新健康」。主播驕傲地對全國觀眾說：「我國的棒壇篳路藍縷，現在終於擁有了自己的職業棒球隊，職棒將成為大家生活的一部分。」

開打的那天，台北市立棒球場進行了兩場比賽，下午是統一獅對壘兄弟象，晚上是三商虎大戰味全龍。下午的比賽前，請來旅日傳奇名將王貞治擔任嘉賓，他穿著西裝站在左打擊區，用招牌的金雞獨立式打法，奮力揮了空棒！

我在電視機前盯著轉播，不知道該支持哪一隊。龍獅虎象四隊的代表顏色，是紅綠藍黃，隊上的王牌投手都有響亮的綽號，不是跟漫畫人物一樣酷，就是親切得像村子裡的孩子王——「金臂人」黃平洋、「阿草」謝長亨、「火車」涂鴻欽、「假日飛刀手」陳義信。

支持一支球隊應該是一**輩子**的事，小學的我好像已覺察到這點。是要根據球衣的顏色、吉祥物的模樣，還是王牌投手的魅力值呢？當我猶豫不決時，33號選手翩然駕到，報紙上說，他打過台南的巨人少棒隊，我和他的關係又更親近了。

就像主播預言的，職棒成了國人生活的一部分，而且是「很重要」的一部分。球隊搭著大巴到各城市比賽，轟轟動動像偶像出巡，迎接他們的是座無虛席的球場、震耳欲聾的加油聲，還有明天的體育版頭條。

學生別的沒有，就時間最多。我們把頭條做成剪報，和球員卡珍藏在一起。補習到一半蹺課出去參加球員見面會，晚自習抱著收音機偷聽現場轉播（這球……出去啦！），每天關注心愛選手打擊率的升降、防禦率的消長，對那些數字的在乎，更勝自己段考的分數。

一九九六年，小小的台灣成立了另一個職棒聯盟，兩聯盟加起來高達十一支球隊，天真的球迷享受著虛胖的榮景。隔年首椿假球案爆發，球迷像肚子上被人重重揍了一拳，想哭卻哭不出來。然後是第二拳，第三拳，直到殘存的熱情消磨殆盡。

我們從一起迷職棒的高中生，成了一起不進場的大學生。

我北上讀書，來到兄弟象的城市，卻一場球都沒去看過。二〇〇〇年職棒迎來最寒的冬天，全年入場人數僅三十萬，相較全盛期一九九五年的一百六十五萬，宛如兩種運動。那一年，曾讓我無限嚮往的台北市立棒球場拆除了，我去看它一眼的動力都沒有。

只是後來騎車經過南京東路的兄弟飯店，會想像我錯過的那些遊行。想像剛奪冠的球員被象迷高高舉起，像神明遊街。

除了偶爾的國際比賽，台灣棒球從我的生活裡淡出。轉台時不經意看見實況轉播，場上都是不認識的球員，少數還叫得出名字的，坐在休息區裡老成一個遲暮的背影。偶然間讀到職棒相關的消息，得知當年支持的象隊被財團買走了，聯盟的隊伍來來去去，又回到草創時期的四隊，感嘆我國棒壇為何依然這麼篳路藍縷。

一九九四年那個週六夜晚，九局下獅隊反攻不成，五：六輸給象隊。我們得意地步出球場，對獅迷做鬼臉，相約明年再來看獅象大戰。也許因為升學的壓力，也許是象隊的戰績開始衰退了，也許青春期發現其他好玩的東西，我跟同學的約定始終沒有兌現。

二十五年後，我終於回到台南棒球場。職棒三十年，我和棒球可以重新開始。

這次帶著爸爸媽媽進場，長這麼大，這還是一家三口第一次一起看棒球呢。中秋連假，又遇到傳統的獅象大戰，牌樓下萬頭攢動。那座斑駁的牌樓啊，守候著古樸的球場，我二十多年沒進去了，裡裡外外竟然就和二十多年前的記憶一樣，低矮、破舊、簡陋，好像鄉下小學的禮堂。

我們坐到三壘後方，客隊的加油區——是啊，支持一支球隊是一輩子的事！雖然球隊 logo 從可愛的大象變成神氣的猛象，至少球員仍穿黃衫，胸前印著 Brothers。

雖然現在的17、26、33號選手，已不是當初的飛刀手、萬人迷、棒球先生，不過23號選手我是一直喜歡的——彭政閔將在這個球季結束後引退，他最後一次到台南出賽，好多人都穿著他的球衣。

三個人坐在褪色的椅子上，吃著家裡帶來的月餅，附近蓋著台南市立游泳池，空氣中飄來一股氣的氣味。身後是黃澄澄的兄弟應援區，對面的一壘是綠油油的統一加油團，場內是熟悉的紅土、白線和草地，戰鼓猛然響起，雨也落了下來……

彷彿為了彌補我長年的缺席，這場球因雨打得斷斷續續，從傍晚五點戰到午夜十二點，成了中職史上時間最長的一場比賽。

因雨暫停期間，本來壁壘分明的兩軍啦啦隊隨著場內的播音系統同聲唱起卡拉OK：〈青蘋果樂園〉、〈失戀陣線聯盟〉、〈向前走〉、〈紅紅青春敲呀敲〉。這座球場不只外觀停留在過去，它的靈魂，也封存在陳年的卡帶中。

真的是職棒三十年嗎？賽事接近尾聲時，兩隊因觸身球清空雙方板凳，一副作勢要打起來的樣子！某局更換投手，另一邊的看台傳來汽笛鳴響的「叭叭叭！」球迷高喊著：「不要換！」這些場面，我在職棒五年都經歷過啊。

九局下半，統一奇蹟似的灌入五分，反敗為勝。爸媽在雨下大時先回家了，午夜我自己搭計程車，運將轉過頭來賊賊地說：「年輕人，我跟你講，球賽攏是假的啦！」

我回想剛剛那場漫長的比賽，一局上半，兄弟39號選手把球轟出左外野，我本能似的跳了起來，用力敲著加油棒，大聲唱著戰歌。當年的同學，你們也在現場嗎？

兩個金馬獎

今天晚上家裡的氣氛不太一樣。

天還沒黑，爸爸媽媽就在廚房忙進忙出，幫火鍋備料。我到巷口的雜貨店買了幾瓶汽水和爸爸愛喝的啤酒，姊姊在餐桌旁擺著碗筷，今天吃得比平常早，涼颼颼的十二月，正是吃火鍋的時節。

晚間新聞後會播金馬獎頒獎典禮，這是過年打麻將、端午節看龍舟比賽和中秋烤肉外，每年我最期待的「娛樂事件」。全家人圍在客廳一起看轉播，成為一種儀式，螢幕上光鮮亮麗的大明星，感覺離我們的生活好遠，好遠。

距離會讓人產生嚮往，一種美化過的想像。而電影原本是造夢的產業，金馬獎頒獎典禮讓一家人共同作了一場好夢。

這年是一九九〇年，我國小六年級，前一年，爸爸開車載著媽媽、姊姊和我，到市區的電影院看《悲情城市》。長這麼大，我第一次聽見那麼多生猛有力的台語髒話，第一次隱約被提醒，台灣歷史上發生過一樁不能說的悲劇，叫二二八。

檯面下的禁忌，藉由電影這種形式，進入一個十歲男孩的認知。

我對電影的耳濡目染源自爸爸，他常自誇學生時代整天泡在戲院，是台灣「新電影」的第一批觀眾。他一邊從火鍋的湯底撈出剛燙熟的草蝦，一邊分析今晚獎落誰家，劇本獎他看好《客途秋恨》的吳念真，最佳男主角他說梁家輝在《愛在他鄉的季節》演得很棒，很有機會。

公認的大熱門是《滾滾紅塵》，入圍了最多獎項，劇本是導演和三毛合寫的。我們家頂樓有間書房，裡頭有幾本三毛的書，用薄薄的紙印成，適合躲在棉被裡偷偷地讀，翻頁時不會發出聲音。

媽媽從廚房洗來一盤青綠的茼蒿，姊姊把肉片加進鍋裡涮，我將雞蛋敲碎，讓蛋黃流進裝沙茶的小碟。熱呼呼的鍋爐冒起一圈圈白煙，好像舞台上的乾冰，再過一會兒，就換大明星上場了！

氣象主播用公務員的語氣報完週末的天氣，然後嘩的一聲，螢幕上亮起「第二十七屆金馬獎頒獎典禮」這一行字，是金色的！一年要聽一次的主題曲從電視喇叭裡傳了出來：「為藝術獻身，至善至美至真，以喜怒哀樂，表達人生。」

簡單的語言，把電影的精神歌頌得好崇高，好神聖。

在看電影仍要起立唱國歌的年代，電影也是意識形態的載體，某些類型帶著一點「官方」色彩，也包括頒獎典禮本身。金馬二字取自兩岸冷戰對峙的前線金門和馬祖，典禮開始前新聞局長會上台致詞，他代表政府，那個有權力給獎的當局。

長官說完話後，換主持人接手。這一屆的主持人是香港的才子黃霑，和每天打開電視機都會從螢幕裡蹦出來的張小燕！兩人一搭一唱，把場面弄得好熱鬧，風趣的對話間穿插著精采的節目演出。

《滾滾紅塵》果然是大贏家，漂亮的林青霞得到影后，優雅的張曼玉拿下最佳女配角，她們上台領獎時的裝扮、迷人的談吐、舉手投足散發的氣質，好像都不是我在台南街頭會遇見的人……如果有一天在路上碰到她們，會不會覺得自己活在一部電影中呢？

妙語如珠的黃霑原來也是一位音樂家，他在典禮中高唱自己寫的〈滄海一聲笑〉，那首《笑傲江湖》的主題曲：

滄海一聲笑
滔滔兩岸潮
浮沉隨浪
只記今朝

幾年前台灣剛開放大陸探親，兩岸還在重新認識彼此的階段，金馬的舞台上，政治暫時退散。

當所有獎項都頒完後，典禮也就結束了，張小燕笑盈盈地和「電視機前」的觀眾道晚安，演戲的和看戲的相約明年再來。睡前我關上房裡的燈，回想明星們的風采，當沉甸甸的獎座拿在手上，每雙眼睛的注視下，他們享受著一生最光榮的時刻。

我幻想著哪一天也能站到舞台上，感謝我的爸爸媽媽。

三十年後……（這是一張電影字卡）

二〇二〇年冬天，另一個星期六的夜晚，我在國父紀念館側門排著隊，準備參加第五十七屆金馬獎頒獎典禮。

一排SNG轉播車停在場外，紅地毯鋪在會場的另一頭，此起彼落的閃光燈和影迷的歡呼聲從那裡傳過來。排在我身前的是曾獲頒台灣傑出電影工作者的場務王偉六，他像剛從片場下工，戴著棒球帽，好多人來跟他打招呼，大家好像都認識他。

我不屬於紅毯那頭的入圍者，也不是側門這邊「電影圈」的人。能入場觀禮，是大學時拍的紀錄片在金馬影展播映，導演有入場資格。即將走入那座年少時憧憬的殿堂，我內心有點激動。

很少出席這麼正式的場合，前一晚在衣櫃裡東翻西找，翻出一套多年前為了參加好友的婚禮買的西裝，再打上一條黑領帶（我大概十年沒打領帶了，動作好生疏），腳踩一雙橘色的喬丹一代。這是我最接近「盛裝出席」的打扮了。

我掐著門票找到自己的位置——第十排，還挺前面的！紅色椅套上貼著我的姓名，標示出觀禮者的一席之地。座椅下擺著一本燙金的節目冊，入場時工作人員發的黑口罩印著金馬的logo，這是疫情年代的實體頒獎典禮，得來不易。

典禮早已交由民間舉辦，不再有達官顯要的致詞，甚至不設主持人，流程節奏明快，除了最佳影片的引言和入圍歌曲的演出，只有緊張刺激的頒獎。雖然有些頒獎者很喜歡吊人胃口，影人大概也都習慣了這種「戲劇性」吧！

置身在會場，看見的是「電視機後」：兵荒馬亂的後台，廣告休息時間場中人急忙衝出去上廁所或替水壺裝水；有人到處寒暄，跑去前排和明星合照，儼然是個盛大的社交場。

而當報幕的司儀宣佈：「廣告結束，直播即將開始。」全場又正襟危坐拍起了手，迎接下一組頒獎人。

我趁沒人注意的時候，回頭偷看禮堂後方那塊大大的倒數計時看板，它提醒得獎人還剩幾秒演說就要超時了。我也觀察著台前的動態，李安和蔡明亮坐在那邊，林強的位置和我同一排。我用電視機前的觀眾沒有的視角，在實況現場調度著自己的小轉播。

整晚我像個冷靜的局外人，欣賞著一齣好戲，直到歌手艾怡良登台，演唱了一串經典的電影組曲，才大夢初醒般意識到，天啊！這就是「那個」金馬獎，在我成長記憶中光彩奪目佔據了重要位置的金馬獎，何其璀璨又何其魔幻，依然像一場華麗的夢。

今夜，我終於來到夢裡了。

當曲目進行到〈Why〉，舞台兩側浮現出《牯嶺街少年殺人事件》的影像。當〈Rain and Tears〉的前奏落下，張震和舒淇重現著《最好的時光》。當〈California Dreamin'〉的旋律奏起，梁朝偉和王菲在《重慶森林》裡對望著。

想念的影帝和影后，留在上個世紀的港片輝煌。兩岸關係比從前更僵持，這是一場中國影人缺席的金馬獎，國片和本土影星大放異彩，台上出現了幾聲「香港加油！」的口號。政治幽微地影響著藝術，但也唯有藝術，能帶來和解。

侯孝賢導演上台領取終身成就獎時，我和全場觀眾一同起立鼓掌，拍紅了手。我知道此刻爸媽也坐在電視機前，和我一起鼓掌。

「感動別人，先感動自己。」侯導舉起那座沉甸甸的獎盃。

我只是來看戲的，也像洗了一場情緒的三溫暖，原來參加頒獎典禮比看一部戰爭片還累。頒發完最佳導演後，我趁廣告時段悄悄離場了，外頭的廣場上，市民或站或坐，有人推著腳踏車，有人牽著家裡的狗，專注地看著投影幕上的轉播。

《悲情城市》裡的大嫂，現年八十多歲的陳淑芳，正要領取她今夜第二座金馬。市民在夜空下聽著女演員的謝詞，路燈投射出他們長長的影子。我把領帶解開，走進這座露天的片場，城市就要打烊了，這一幕，是收工前的鏡頭。

北迴

THE PASSAGE OF YOUTH

台北車站

你有沒有從台北的西邊，搭夜車回到城東的經驗？西邊，指的是萬華、艋舺和西門町那一帶，離淡水河比較近，夜生活有一種鬆弛感，人在路邊攔車時，視線多半和夜霧一樣迷茫了。

車開上市民大道，速度漸快，車裡的人像鳥兒飄了起來。司機聞到後座那股淡淡的酒氣，悄悄降下車窗，一陣涼風灌了進來，味道特別香甜。你頭暈暈地靠著椅背，朦朧間，一艘發光的飛碟忽然出現在窗外，你揉了揉眼睛。

難道，穿越到什麼星際電影中了嗎？這時四個大字浮現在飛行器上：**台北車站**。瞬間你酒醒了⋯⋯這可不是夜歸旅客的迷航記，你不過是在一個叫台北的地方，不小心從空中撞見它的車站，那個奇異得像外星人丟下來的建築物。

一座車站不只是城市的門面，更是城市的化身，是第一位迎接來客的主人。台北人的眼中，「北車」方方寸寸都顯得理所當然，但外地人與它遭逢時，大概沒有一處不顯得奇怪。他只能先把各種困惑放在心裡，求找到一條出去的路。

世界各大城市的「中央車站」，同樣有許多幽深的角落，藏匿著祕密。但沒有一座如同台北，表面上熱情歡迎你，暗中又默默刁難你。這樣的人情，很台灣。

那座巨大的迷宮，是設計來讓人迷路的，讓人在裡頭兜來兜去，訓練自己的方向感。

來環島的觀光客，扛著背包從東三門出來，要去中山北路逛戶外用品店。補習班老師拿著講義夾從南一門出來，要去南陽街兼課。跑單幫的阿姨從北二門拖著皮箱出來，準備去華陰街帶貨。爺爺還在的時候，一年會北上一次參加老兵聚會，看護把他帶到西三門，方便我們從承德路接他上車。

東南西北，春夏秋冬。季節改變不了方位，卻會變更伴手禮的內容——粽子、月餅、年糕，或暖呼呼的湯圓。這些東西，車站裡都張羅得到。

什麼人會把北車看成什麼模樣。在賭徒眼裡，它像一張大牌桌：聽團仔從華山草原的方向過來，坐在東邊；住院醫師從台大醫院偷閒過來，坐在南邊；文藝女孩從中山站騎著 YouBike 過來，坐在北邊；大稻埕的耆老蹺著二郎腿，坐在西邊。

這場牌能打到地老天荒，總有人在那十二扇門後面排著隊，等著上桌。早在三鐵共構，結構開始複雜化以前，原先它叫「台北火車站」，日治時代則稱「台北驛」。歲月驅動著現代化的進程，鐵軌和平交道從城區裡消失，火車駛過的轟隆轟隆聲也成為絕響。列車愈鑽愈深，月台從平行變成立體。

自強號對面的軌道上，駛來一列更快更穩的高鐵。捷運板南線的軌道下，鑿出全站最深的淡水信義線。地上六層、地下四層，還有數不清的閘門與密道，過路客成了形跡可疑的走私犯，探頭探腦在穿堂間找路，找一種從容移動的可能。

他用感官四處探索著，聽覺自成一路動線：大廳的廣播聲、人流轉運的交頭接耳聲、候車者內心的滴答聲、翻牌式時刻表發出的啪啪聲，這些構成耳邊的線索。排骨菜飯的香味則把他帶往「台鐵便當本舖」，那舖子位居要道，也是幫忙認路的地標。

不同樓層有不一樣的地磚腳感，綿延的地下街像一隻大章魚，牠戴上五種顏色的手套，兵分五路伸往車站周邊的暗巷。那隻章魚儼然是台北的「地下」吉祥物，躲在城底指揮交通，牠手腕上有多少吸盤，地下街就有多少出入口。

台北車站就難在出入口太多，動線不合邏輯，指標又互相衝突。為了處理這些問題，當局曾推出一款App，試圖用新科技解決舊設計的盲點，以藍牙定位技術，幫乘客在層層疊疊的連通道間導航，打造所謂的「智慧車站」。

哎，別指望手機了！在這兒闖關，還是得靠腳下的記憶。

電影《戀戀風塵》留住了一九八〇年代台北火車站尚未地下化前，較為單純的面貌。那是鐵道編年史的第三代車站，由日本建築師設計，在一九四〇年代啟用。女主角阿雲從九份搭火車「進城」，來台北找青梅竹馬阿遠，他比她先一步到首都工作。

人生地不熟的阿雲提著米袋，剛下車就遇到騙子，阿遠忿忿把對方趕走，心疼阿雲的遭遇。阿雲佇立在軌道旁對阿遠說：「我媽講，後車頭很亂，叫我在月台等你。」

兩人站在第六月台上，鏡頭帶到太原路與鄭州路（即現今市民大道）的後門，那裡會通往後車站那個螢光世界。一九八九年，第四代車站完工通車，運作至今，而後車頭早在當年一場大火中焚燬了，連帶逝去的，還有阿雲與阿遠愛過的那個時代。

我讀小學時，有一年暑假和姊姊與表哥一同搭莒光號到台北找親戚玩，就在三代車站即將拆除、四代車站興建中的交界期。地面上長長的月台，列車往來的運行聲就要成為歷史，城市將迎來一番嶄新風貌，我們也將迎來離鄉背井的九〇年代。

一九九〇年，林強在台北車站高舉著手，用台語呼喊〈向前走〉的詞句：

台北台北台北車頭到了啦
欲下車的旅客請趕緊下車

頭前是現代的台北車頭
我的理想和希望攏在這

他的歌聲迴盪在剛落成的車站，並且愈傳愈遠，打動了無數外地小孩的心。長大後他們背著行囊在站裡迷走，從最遠的出口探出頭，瞭望這座陌生城市的輪廓，開始摸索求生的本領。一部屬於自己的台北本紀於焉誕生，曾經發生在想像裡的情節與後來經歷到的現實漸漸貼合，或者漸漸錯開。

無論故事的結局，第一章都得從台北車站寫起。

地理上有「對蹠地」（antipodes）的概念，字面意思是「相對的腳」，意指地球上任何一點穿過地心抵達的另一端，那頭的人活在遙遠的他方，站在上下顛倒的世界，猶如《怪奇物語》中潛伏著魔幻生靈的異次元 The Upside Down。

北與南，中年與青春，實現的夢與幻滅的夢。台北與台南就是我人生的相對極，透過台北車站這個奇點來連接，來過渡。

上車後我總是沉沉睡去，心情在車程中默默轉換，準備從一種狀態跳躍到另一種狀態。從都會到鄉村，綠色的田取代了灰色的樓，掠過的風景不再是風景，更像換場的布幕。醒來後倏然回到孕生我的城，這裡有不同的語言習慣、飲食胃口，有不同的天空與雲。

我彷彿又變回當時的少年，重拾他走路的姿態，記起他心裡想過的事情。直到打開家門，看見逐漸老去的父母，才明白在他們眼中，我沒有幻滅的夢。我不知道其他人經過台北車站時想起了什麼，我會望見車站的另一頭，是家。

東區的早晨

安東街巷口的水煎包店，很早就起來做生意了。晨光未明，店裡已響起勞動的節奏，一如城內每一家早餐店。

體格像排球國手的兒子，用結實的臂膀把爐火點燃，慢慢加溫鍋爐；左臉龐有些雀斑的媳婦把一顆顆飽滿的包子整齊鋪排在鐵黑色煎盤上，軍容壯盛呈放射狀隊形，像鄰近國小操場上做晨操的隊伍——甲班是韭菜，乙班是高麗，丙班是鮮肉，臉頰都圓滾滾。

上了年紀的母親（她的笑臉被做成店的logo，印在提袋上），率幾名穿圍裙的大媽坐在板凳上，對一張大木桌幹活。有人擀麵皮、有人拌餡料，有人把兩樣東西捏在一起。這條家庭生產線的背景音，是煎盤遇水時發出的「吡～～吡～～」聲。

兒子右手灑完水，左手立刻將木蓋闔上擋住水蒸氣的去路，動作敏捷一如在網前封阻對方殺過來的球！

煎包大軍暗地裡靠緊彼此，做著蒸氣浴。待餡心熟透、外皮焦脆的時候，窄小的店門前已有人客三三兩兩在排隊，他們掏著口袋裡的零錢，準備買這天剛起鍋的第一輪包子，去趕即將駛來的第一班捷運。

曾經我習慣在深夜寫作，似乎愈晚愈有靈感，遇到狀況好的日子，腦袋裡的熱點忽然接通了，手在鍵盤上輕快敲起了字。再意識到時間已是黎明，第一班公車差不多要發車了，我下樓走到不遠的巷口，站在那排上班族後面，假裝也是來買早點的。

提著熱呼呼的煎包回家，在漸亮的日光中吃著那袋「宵夜」。天氣好會靠在陽台邊，頂樓提供了觀看一座城市合宜的景框，畫面中有剛熄的街燈、公園的綠樹，也有甦醒的鳥兒飛過海洋般的鐵皮屋頂。

刷完牙我躺平在床上，城市開始忙碌運轉了，腦袋則漸漸不轉動，思緒就停在未完文章的最後一句話尾。這樣的生活型態，有違天體運行。

「早晨對我來說是未知的存在。」──《絕美之城》的男主角傑普也是作家，他在片中這麼感慨道。傑普喜愛在黑夜捕捉靈感，他以夜晚為庇護，下筆時可以大膽地杜撰情節。但更多的時候他在夜間玩樂，羅馬的豪宅裡夜夜笙歌，狂歡的派對把早晨推延到了午後。

電影裡的作家總是過得很奢華，以彌補現實中的不可能。

一九六〇年代有一部無聲電影《台北之晨》，原拷貝湮沒了數十年，偶然間，導演白景瑞翻找出當年的工作帶，讓人一窺從前的台北由夢中轉醒的樣貌。

清湯掛麵的小學生結成路隊去上學，送報童踩著單車挨家挨戶扔擲《中央日報》，每扔必中猶如特技表演。郵務士騎著野狼送信，農婦挑扁擔過街，三輪車載著穿西裝的公務員經過「完成反攻大業」的看板。

其他晨起的場景中，老人在廣場甩手做著早操，青年到弄堂集合一同練拳，小孩在豆漿店啃著剛炸好的酥酥脆脆的油條。

原先靜默的黑白影像，近年重新配上靈幻的電子樂，白景瑞深受西方影響的剪接語言（那時他剛從義大利學成電影歸國），也賦予影片一種現代感。藉由它重訪六十年前的台北，會發現「前人」與當代人開啟一日的步驟其實沒什麼兩樣——都要餵飽自己、鍛鍊身體，並關心國家大事。

晨間的事項不因年代而改變，變的是人的服儀、交通方式與科技進展，而最醒目的變化，是地景。電影中有一幕，火車像移動的鐵盒徐徐穿過市區，兩側是即將拆遷的老舊眷舍。城市的景觀刻著記憶的紋理，那條綿長的鐵軌，就是市民大道的基座。

「大安路以東、延吉街以西、市民大道以南、信義路以北，是東區的核心區塊。」──作家舒國治在《水城台北》中如此定義上個世紀的東區。曾在消逝眷舍中成長的小說家張大春，則這麼描述過東區：「它意味西門町的沒落，新潮文化的起源，意味著一整個世代通過黑暗期的黃金年華。」

前者辨認出地理的東區，後者深入了心靈的東區。而東區之於我，是始料未及的第二個家。

三十歲那年我搬離和女友同居的公寓，到租屋網尋找下一處落腳點，東看西看相中了一戶頂樓，不因它在東區，只是剛好在那。房東是一對老夫婦，就住我樓下，先生每隔幾天會拿信上來，悄悄放在門口，不打擾我。月中收租，我下樓按門鈴拿現金給他，每個月至少會說到一次話。

東區對我而言，會不會太熱鬧了呢？

我住的剛好是比較幽靜的街區，與百貨公司保持了一點距離，社區公園的大樹和長長的巷子也隔開了嘈雜的人聲。這樣一住十多年，在頂樓寬廣的天空下看著東區沒落，聽聞西門町再起。這些年風水又倒轉過來，安東街成為下一塊仕紳化（gentrification）的熱區，有趣的商店像一朵朵香菇，從迷幻的夜景中竄了出來。

想吃西式早點的日子，我會越過大馬路，到百貨公司林立的那一頭。清晨的柏油路有一種乾爽的味道，清潔隊員穿著反光背心沿路撿著紙屑。如果是週末，KTV門口一定會有醉倒的人，不知道已在那裡躺了多久。

我拿著裝滿福堡和咖啡的紙袋，走過以前那家淘兒唱片行樓下，總會想起大一在那邊面試的情景。當時的台北，對我仍是充滿驚奇的城市。

現在的驚奇，偶然發生在陌生的場面，譬如常去的商業大廈忽然變成鬼樓，或行人在颱風天撐著開花的傘，像浮在一座泳池裡。颱風的路徑漸漸偏離了台灣，大雨不再模糊市容，更加清晰的是建商掛起的都更看板。

水煎包店就開在一排鐵皮屋裡，是就地合法的違建，僥倖逃過怪手拆除。其實啊，那些身分全是我的臆測，也許兒子是女婿，媳婦是女兒，也許店裡的人根本沒有關係，不過是「母親」請來的幫手罷了！我在附近獨居，想像那「一家人」陪我作伴，而想像只要幾十塊錢去兑現，一個星期兩次。

房東先生幾年前生了場病，突然就走了，最近一次簽約，是太太和我按的手印。當年帶我看房時她的頭髮還是灰色的，如今全都白了，她指著租賃期間的欄位說：「還想租幾年，你自己填吧！」我濃密的黑髮近年也冒出不少白色細枝，不再強迫自己在半夜寫稿，學著把工作留到明晨。

慢慢體會海明威說的：「永遠別掏空寫作的井，在井的深處仍有東西時收手，讓它在夜晚被靈感之泉再次充填。」

疫情結束後的春節，年假前我去買水煎包，女兒臉上依然戴了兩層口罩，把雀斑都遮住了。「我們年後要搬家囉！搬到巷尾那座土地公廟附近，以後多走兩分鐘。」她把袋子遞給我，母親皺皺的笑臉如常守護著溫熱的煎包。

天光帶著一抹青藍，我望向那一排破舊的鐵皮屋，不知何時已掛上「**都更新時代，東區新地標**」的紅布條。冬日清晨，北方飄來乾冷的空氣，我沿著熟悉的巷弄走回家，依照當前的速度，也許再過十年就會拆到我們那一排。

樓起樓落，城市的都心流轉。東區某座商場樓上曾有一間影城，後來收掉了，我自己在那裡看過好多早場電影，包括《全面啟動》。那部片尾聲有一幕奇觀，一整排大樓在最深的夢境裡崩塌。

總有一天，我要帶著寫過的文章搬離這裡吧？那些生活過的早晨，不曉得會留在哪一層夢裡。

寫作在瘟疫年代

城市非常安靜，靜得讓人聽見耳朵裡的聲音，嗡嗡嗡的，像有隻果蠅在裡頭迷了路。街上悄然無聲，沒有工人在整路，沒有郵差在樓下高喊：「掛號！」語氣像是不可忤逆的君王。

我在這個頂樓住了十多年，幾乎能憑外界的聲響，聽出城市的心情。這種安靜，和過去經歷的都不一樣，不是休息中的靜謐，是毫無生氣的死寂。「如無必要，請勿出門。」官員在電視上進行道德勸說。這是升三級警戒後的第一個星期日。

星期日，卡繆《異鄉人》的主角莫梭一個禮拜最討厭的日子。「星期日讓我心煩……」他悻悻地說：「我從來就不喜歡星期日。」星期日即日曜日，太陽之日；也是主日，耶穌復活的日子。

卡繆不信上帝。莫梭不喜歡星期日，與神無關。

郵差本來就不在週日送信，但我會去酒吧播歌——Sunday Service，服務的是自己的無聊。當局怕人群聚，勒令全國夜店歇業，夜貓子穿著睡衣，自己在家派對。酒，一個人喝不醉，音樂是一起聽比較好聽，沒有ＤＪ的夜晚，城市非常安靜。

道德這古老之物，危急時刻被推上前線，成為疫苗進入人體前對抗病毒唯一的解方。直到科學出來清理戰場，人回到文明萌生的年代，自保的方式是如此原始：清潔自己的身體，與他人保持距離。

習慣的生活替換成新的現實，熟悉之事退成過往的記憶——公園的野餐、假日電影院、踏青時眺望到的晴天。黃色膠帶捆住校園的盪鞦韆，童年暫時被封印起來。土地公廟的香爐貼了一張「因疫情升溫，各宗教寺廟不開放參拜」的告示，神也要居家隔離。

路人隔著口罩盯著彼此哀傷的眼睛，心的暗處，充滿對旁人健康的猜想。人與人間鑿出更深的隔閡，旅行從日常選項中剔除，家，成了唯一的遠方。在家工作、在家用餐、在家就學，也在家祈禱。而我，依然在家寫作。

早在疫情開始前，許多寫作者就過著自我隔離的生活。為了寫出好作品，隔離成為必要的手段，讓他盡可能不被外界的雜音干擾、不被偏見給誤導，能專心一志地讓手、眼、心，這些源自身體的書寫工具，協調出韻律與節奏。

相對於染病者，寫作者的隔離是自發性的，沒有社會壓力也沒有道德約束。他把自己關在家裡，甚至更決絕地拔掉 Wi-Fi 插頭、把手機關機，這些舉動和找來一張舒適的椅子、一個手感良好的鍵盤，服務的都是同一個目的——生產力。

一個有生產力的作者，能在既定時間內敲出既定的字數，而字數會轉換為報酬，即工作者的生計。能夠有效率地產出，才有最起碼的可能把寫作當成一種職業，這都還沒顧慮到「當天有沒有靈感」這件事。

我讀過一個很有見地的譬喻，帶點反神話色彩：棒球投手的對手，不是站在打擊區上的打擊者，而是他手中那顆縫著紅線的**棒球**；同樣的，打者的對手，也不是站在投手丘上準備用各種刁鑽球路伺候他的投手，而是手裡的**球棒**。

這個觀點直視事物的本質，卸除了人們賦予運動賽事（或其他創造性舉措，譬如畫一幅畫）的浪漫想像，把一項技藝化約為人與物，或進一步是人與自己的對抗。棒球比賽在勝負榮辱外，之於投打雙方也是一樣**工作**，是一門必須反覆練習，過程不免枯燥的手藝。

打擊區和投手丘相隔十八公尺，在偌大的棒球場只佔短短一段；我的床和我的椅子相隔八公尺，幾乎等於公寓裡最長的直線距離。身為一名寫作者，我的對手也不是這次要寫的題目、嘮叨的編輯或一個緊迫的截稿日，我的對手，是那張該死的椅子！

每天最困難的就是坐到那張椅子上，一旦坐下了，我的手、眼、心，自然會幫我處理接下來的種種。

二十一世紀的這場瘟疫，讓自以為無所不能的現代人體會到身體的侷限。孤立的個人失去移動的自由，人的存在感從群體中剝離出來，很多人第一次直視自己的內心，看到一片荒蕪的景觀。

一名極簡派電子樂手推出一張名為《Music For Isolation》的EP，曲目為：

1. Isolate Yourself（自我隔離）
2. Social Distancing（社交距離）
3. Stay Home（待在家裡）
4. Flatten The Curve（壓平曲線）

前三首歌的情境，原本就是作家的寫照。我認識的寫作者多半是不熱衷社交的內向者（introvert），用當代的語言，有一點**社恐**。或許先天的性格就得如此吧？才耐得住日復一日伏案工作的單調，與那一點點寂寞。

內向者傾向和人群、社會維持一段距離，觀察但不介入。可是內向不代表反社交（antisocial），內向的人同樣渴求外部的連結，只是外部最好能導入內部，產生心靈的交流，不單是飲酒作樂而已。

COVID-19，這株顯微鏡底下看來有點像按摩球的狡猾病毒，讓更多人加入「待在家中」的行列，經驗到書寫者行之有年的生活型態。他們也必須坐到椅子上，追劇、到社群上傳限時動態，與此同時，焦慮感掃蕩著外頭的世界。

評論家蘇珊．桑塔格曾在〈疾病的隱喻〉裡寫道：「為了治好病，病人不得不從日常生活中被隔離出來。並非偶然的是，對一種被認為對於治療有益處的極端心理體驗——無論這種體驗是因藥物而起，還是心理幻覺所致——最常使用的隱喻是旅行。」

行動被限制時更嚮往旅行，這是人的本能。旅行也精確描述了寫作時的心理狀態——置身在一處密閉空間，想像力卻能無限馳騁。

瘟疫重新書寫了地球人的共同想像，看見全球化的暗面，如桑塔格所言：「疾病是生命的暗面，一種更麻煩的公民身分。」身為地球的公民，整個世界息息相關，流動的數十億人口讓染疫的恐懼無所不在，這顆星球，儼然是個風雨同舟的部落。

曾經理所當然的節日被徵收了，奧運延期、職業運動停擺、演唱會被迫取消。人意識到自然才是君王，它會無情地反撲，用巨人的音量提醒我們，你我只是過客。

〈疾病的隱喻〉寫於一九七〇年代，當時幹細胞療法、人工心臟、微創手術機器人這些醫學神話尚未建構起來，流行病誘發的效應卻無二致。桑塔格闡述道：「任何一種被視為神祕之物並確實令人感到恐懼的疾病，即使事實上不具有傳染性，也會在道德上具有傳染性。」

恐慌、排他，猜想此刻錯身的人是可能的帶原者。疫情放大了人類的弱點，恐慌的源頭，是我們並不如醫學神話宣告的擁有這麼多健康籌碼。

然而，一種共置於人類的大歷史中，再清晰不過的「時代感」，也在曲線漸緩時凝聚了每一個人。地球得到喘息的機會，印度首都新德里數十年來第一次瞭望到兩百公里外的喜馬拉雅山。人的「不活動」讓空氣清澈了，生物圈恢復秩序，人想起祖先是如何度過黑死病和天花的考驗——自助也互助，是從另一場浩劫中生存下來的方法。

紐約市每晚都會響起掌聲與歡呼，向醫護人員致謝，那些屋子裡發出來的聲響，在空蕩的街道上構成動人的合奏。藝術家在居家隔離期間創作音樂、拍攝短片、編舞、寫詩，藉由網路讓個人感受蔓延開來，觸碰到世界另一頭需要被擁抱的人。

災禍往往是偉大作品的催化劑，意圖消滅異端以維護天主教正統的西班牙宗教裁判所，啟發了《唐吉訶德》；沒有霍亂，卡繆不會寫出《瘟疫》；十七世紀一場席捲倫敦的鼠疫讓公共戲院關門，莎士比亞關在家中振筆疾書，完成了《馬克白》。

因為瘟疫新加入的書寫者，獲得探索自我的機會，他們慢下來，用文字整理自己的人生。至於每天都得重新對抗一次椅子的職業書寫者，原本時時刻刻就在寫作。

社群網路、科技的普及，讓二十一世紀的瘟疫不再是地域性的故事。無論寫下的文字是什麼語言，關注何種主題，或只是睡前發了一個戴口罩的 emoji 給見不到面的愛人，人們都用新的方式，書寫共同的歷史。而那段黑夢般的日子，已然成為歷史……

新新人類的寓言

一九九〇年代初期，台灣流行過一個叫「新新人類」的詞彙。不是人類學者提出的，也不是社會學家的發明，是聰明的廣告人援用日本的語詞，替爆炸中的新時代下定義，目的是為了銷售一種罐裝茶飲，名為開喜烏龍茶。

新新人類原是日本戰後稱呼新生兒的用語，類似美國的嬰兒潮世代。放到九〇年代的台灣，成為一個相對於「新人類」（當時二十至三十歲的青年）的新集合體，泛指二十歲以下居住在都市的青少年，共享相似的文化養成和語言習慣。

廣告人的意圖很明顯：青少年的購買力最強，最容易被煽動。藉由這個名詞，塑造出新的身分認同。

楊德昌一九九六年的電影《麻將》的海報上，印了這麼一段話：「四個十七歲的新新人類湊在一起，什麼都打，打工、打球、打混、打屁、打架、打電動、打槍……就是不打麻將！」

社會刻板印象中，茶是老人在喝的，廣告公司創造出一個叫「開喜婆婆」的角色，樣子很有喜感，帶著親切的鄉土味，好像城市小孩在鄉下的阿嬤。一系列以新新人類為主題的短片就此誕生，內容和「茶」或「喝茶這件事」沒啥關係，開喜婆婆也不一定是主角，有時會找酷酷的年輕人來客串。

那些廣告顏色大膽、敘事斷裂，音樂像改良過的重金屬詩篇，畫面充斥符號的拼貼，很像八〇年代國外剛風行起來的音樂錄影帶。就在同一個時間節點，國高中的新新人類放了學打開電視機，被一種叫「意識形態」的廣告洗腦，這裡指的意識形態不單是思維風格，那家廣告公司就叫**意識形態**。

其中又以司迪麥為代表。

貓在鋼琴上昏倒了
幻滅是成長的開始
你說這個城市太沒禮貌　我覺得你亂有思想的

那些催眠似的囈語，一句一句植入新新人類的腦袋，讓他們乖乖把手伸進口袋掏出幾枚銅板，走到像細菌一樣在城市中擴散的便利商店，買下不同顏色的司迪麥。其實，那不過是一種口香糖罷了。

回想起來，像一段不可思議的歷史：開喜烏龍茶的銷量一度擊敗可口可樂，司迪麥成為人手一條的潮流象徵。當時的廣告人賣的既不是烏龍茶，也不是口香糖，他們賣的東西，叫作**態度**。

態度是一群人對一件事的共同看法，本質上是時代的產物，內涵會在時間裡變化、更動，乃至自我推翻。這裡的時間是可以綜觀生命的大時間——一代人，甚至好幾代人的成長，以及層層疊加的幻滅。

對於新新人類的父執輩，口香糖和茶飲料不過是一種食品，服用後就從身體代謝出來。廣告人搭上台灣解嚴的個性化大潮，賦予商品形而上（超越身體）的主張：因為亂有思想，你選擇了這種食品。這個行為本身，成為自我標榜的態度——你比前代人有想法，和前代人不同。你是**新的**。

當年開喜烏龍茶有一系列廣告名為「新新人類在中國」，得了《中國時報》廣告金像獎。如今，「中國」是台灣街巷讓人敬而遠之的字眼，褪去廣告包裝的開喜烏龍茶變回單純的飲料，和所謂的「酷」再也沒有關係，年輕人都改喝手搖飲去了！

曾經引領風騷的意識形態廣告公司結束營業，司迪麥在便利商店的貨架上絕跡。在瘟疫蔓延的亂世，當年的新新人類帶著中年的焦慮與疲憊，回頭去看一部沉浸在「末世感」的電影，會不會覺得不合時宜？

那部電影叫《給逃亡者的恰恰》，一九九七年上映，電影中的末世，指的是二十世紀尾聲無所不在的世紀末意象。導演王財祥是拍廣告出身，代表作就是司迪麥和開喜烏龍茶，那是廣告業大鳴大放的時代，混得好的導演，沒人不想「更上一層」去拍電影。

他們拍的電影，啟用的都是廣告圈的班底，也可以說，他們拍了一部長長的廣告。《給逃亡者的恰恰》始終是都市傳說般的存在，相傳它上映三天就下檔，很少人真的看過，而當初看過的人，經驗大概也在記憶中遺失了。電影上映時我還在台南讀高中，離那個圈子很遠，後來知道它，是聽濁水溪公社的團員說他們有在片中客串，就演一個樂團，是一九九五年進的棚。

一九九五年是台灣地下藝文圈發生「破裂音樂節」和「後工業藝術季破爛節」的年代，破破爛爛、粗粗糙糙是那幫人偏愛的次文化美學。在我多年的想像中，《給逃亡者的恰恰》應該是一部「低傳真」的，粗製濫造的黑白電影吧！

多年來無人知曉導演王財祥到哪兒去了？他用十六毫米拍攝的膠卷流落何方？就在疫情爆開來的春天，江湖突然飄來一則傳言：膠卷一直存放在他家，他只是不知道還有一小撮人對這部商業上徹底失敗，也被主流影評論述遺忘的電影有興趣。

在相關人士的奔走下，塵封的膠卷終於「重新出土」，還辦了一場祕密集會，讓圈內人得以一睹電影的原貌。

結果，跟我想的完全不一樣啊！瑰麗的顏色、深邃的景深（原來我的眼睛是如此想念底片的質感與發色）、講究的道具和服裝。《給逃亡者的恰恰》不是一部黑白片，它每一格都發出讓人暈眩的螢光，像日光燈下的蛾。

膠卷一共有五本，每本大約放二十分鐘，放映廳開燈、休息，眾人竊竊私語討論剛剛的情節，等待師傅再換一本。影片播映時，能聽見放映廳後方傳來「噠噠噠」的聲音，是機台轉動的聲響，甚至感覺那裡傳來了一股熱。

這樣充滿「手作感」的觀影經驗，在當代顯得很奇特了。

形式上來說，它的確是一部很長的廣告片，正片開始前，由王財祥拍攝的一支開喜烏龍茶短片開場，主角是九〇年代的前衛藝術家、搖滾客石村。他長得濃眉大眼，塗著黑色指甲油，腦袋前緣的頭髮全部剃光，留著重金屬樂手的長髮。

我高中常在音樂頻道上看到他，天吶！幾乎都忘記這個人了。一如我早已忘記「國片」曾有這樣的一片風景，從前的國片，原來可以這樣拍。

躍動的畫面、天馬行空的鏡頭語言、廣告標語式的對白、濃濃的但不討人厭的文藝腔，還有非線性時間裡的空間創意。一九九七年的片，看起來一點都不懷舊，反而透過華麗的感官，把神廟、賓館、牛肉場和蜂炮那些很台灣味的場景，推入某種「未來」的世界。

那樣的「實驗手法」，就是原汁原味的九〇年代意識形態啊！

我是吃這款米長大的新新人類，底片一邊向前捲動，我就像《發條橘子》的主角，銀幕上給我什麼樣的刺激，大腦就做出什麼樣的反應。劇終，我也變成一隻趨光的蛾。

映後有簡單的分享會，眾人交換著情報線索。有人說片中能看到阿扁市長（還不是總統呢）的身影，有人說，王財祥拍這部片花了三千萬，拍了十八萬尺的底片。那是一場很昂貴的夢，似乎只能發生在還願意相信，願意浪漫的時代。

當年濁水溪公社的貝斯手劉柏利後來成為知名的廣告配音員，片中他用低沉的嗓音喃喃自語道：

一星期以來，紐約死了上千人，謠言像鴿子羽毛滿天飛，找不出病因。有人死得像普通謀殺，也不是鼠疫，也不是AIDS變形，我猜大概是外星人偷放在身體裡的隱性基因突然發作了。曼哈頓大樓現在看起來有點恐怖，像地獄長出來的蘑菇，把病散播得更廣更遠。

離開放映室，我穿上雨衣騎摩托車回市區。經過民權大橋時，雨群讓台北的天空染上一抹虛無的色調。回家打開電視機，亮起的不是司迪麥廣告，晚間新聞說，昨天紐約因為COVID-19又死了上千人。

有些電影彷彿來自於未來，《給逃亡者的恰恰》是一則寓言。

來自「地下」的樂團

那是我第一次如此接近暴力，活生生的暴力，像病毒一樣會感染。草原上漫佈著濕溽的空氣，頸背沾著一顆顆汗珠，水分子漲滿了官能的欲望、尚未揮發的酒精，還有海風捎來的鹹味。

那片銀亮亮的海，徐徐流動在南方。這是墾丁的荒野，千年一遇的公元二〇〇〇，十二生肖輪轉到龍，我在四月的春天吶喊。

即將登台的是一支叫濁水溪公社的地下樂團，我在台北看過他們幾次，真的都在「地下」——金山南路二段加油站對面的地下室一間叫 VIBE 的 Live House。今年的春天吶喊是我第一次有機會在大場合遭遇他們，我從台北一路轉搭客運繞過大半個台灣來到島嶼底部，帶著馬子，要來體驗傳說中的島嶼邊緣生活。

我們四周旋繞著一圈一圈人影，黑鴉鴉的，一如沉暗的夜幕。擁擠的現場東飄來一句「幹！好膽別踩我！」西射來一句「你是在看三小！」我的體溫隨著腎上腺素飆升，覺得自己像個要從戰壕裡翻出去殺敵的士兵，眼睛冒著煙，熊熊怒火照亮額頭的青筋，雖然自己並不清楚究竟在氣什麼。

我跟著人群推擠著、叫囂著，嘴裡啐著跋扈的髒話。同一時間，山腳下的嬉皮餐車喜劇演員似的送來一陣油炸甜點的黏膩香氣，那股香氣在浮動的人流間擴散成嗑藥後的集體亢奮感。

直到這一刻（我活了二十一年又三個月的這一刻），我從來不知道原來自己可以這麼凶蠻，這麼容易被人煽動，這麼渴望言語中的暴力。而他媽的！那該死的樂團甚至還沒上台。

熱風從海邊吹來，吹得人更恍惚了，也更加敏感。有人開始暴走，想衝破防線攻佔舞台，音控檯那邊不知道誰抓來麥克風朝夜空大喊：濁！水！溪！公！社！（每個字都加**重音**）

草原上，所有身體同時顫了一下！濁水溪公社像媽祖遶境的陣頭鏗鏗鏘鏘竄了出來，台上台下抱緊彼此墜入歇斯底里的狀態。

時間在眼前塌陷下來……and the rest is history.

後來寫成的歷史是：二〇〇〇年四月二日，陳水扁宣誓就職總統完成台灣首次政黨輪替的前一個月，由兩個台大學生柯仁堅（小柯）、蔡海恩（左派）領頭的濁水溪公社，策動了台灣樂團史上最惡名昭彰的一場演出。開演那刻全場失控，團員和觀眾打成一團，樂團只唱了一首〈酸仔乾〉就被主辦單位斷電趕下舞台。從頭到尾，濁水溪公社只在台上存活了五分鐘，史稱「早洩事件」。

（和這個樂團相關的形容詞總是繞著陽具和下半身打轉。）

另一段當時在墾丁興風作浪的團員們無法預知的歷史是：一年後，左派將離開他創建的樂團，不會回到隔年的春天吶喊。但我回來了，還拿著攝影機站在台上。

因為某種難以解釋的機緣，這支宛如恐怖份子的樂團成為我和班上一個同學畢業製作的拍攝對象，指導教授眼看我們就要被放牛班的學生帶壞，千叮嚀萬囑咐道：「要維持客觀性啊！別和被攝者成為朋友。」

片子開拍後，我們意識到自己是當年聽地下搖滾的大學生裡最幸運的兩個，各種場合都有第一排的視野（抱歉！我要拍片，借過一下）。而且，他們好像也真的把我們當朋友。

兩個青澀的大四生，三天兩頭扛著攝影器材跟這幫人走江湖，那個野性的、俠義的、菸酒的、搖滾的地下江湖——練團室、錄音間、酒吧、Live House、某個團員家的藥膳火鍋趴。我們從牆壁上的蒼蠅，變成湯頭裡的豆腐，用力吸收那些濃稠的湯汁。哦！那真是全台灣最邪惡又最有趣的一鍋。

我最後一次看到左派已經是二〇〇一年的事，就在紀錄片快殺青前，一場辦在聖界（另一處已亡佚的 Live House）的新專輯發表會。當晚演出結束後，他頭也不回，叼著香菸騎上單車，帶著自己點燃過的時代一起消失了。至今，我仍不確定他有沒有看過我們那部裡面裝滿了他的紀錄片。

過去二十年，我卻時常看到小柯，在他剛搬好的家，在我棲身的公寓，在朋友的婚禮或音樂祭現場；在唱片行、電影院、咖啡廳、海產攤、夜市，在台北任何一處能容納幾個人一邊話當年一邊幹譙現在的社會的所在。

我們成了摯友，陪伴對方度過人生中的起落。我可能比誰都更早知道，他其實不想玩了。

「大家根本不是來聽我們唱歌的啦，只想丟東西！」

「現在唱片根本賣不到幾張啊……」

「這張錄完恁爸就不錄了！」

喝到有點醉的時候，繃緊的彈簧終於鬆開，小柯會發洩個幾句，把苦悶甩出心裡。身為朋友我想跟他說，小柯，你早就可以不玩了，不會有人怪你的。但身為樂迷，我也捨不得濁水溪公社真的退場，我只是跟他說，小柯，你決定退了就不要回來，變成傳奇，讓人想念就好。

於是，柯仁堅啊，這個台灣男人中的台灣男人（像每個人山一樣的爸爸，表面文風不動，內心重情講義），就在那裡ㄍㄧㄥ呀ㄍㄧㄥ的，把濁水溪公社這塊沉重到有點不合時宜的招牌扛在肩上，一張專輯錄過下一張。

他的話就快說完了，他在等待一個時間點。

二〇一九年，濁水溪公社成團三十週年，發行了第十張專輯《裝潢》，這兩個成就都創下台灣樂團的紀錄。一支有三十年歷史的搖滾樂隊，歷經團員來來去去、曲風峰迴路轉，辛勤寫下了、錄製了一百多首歌。

那些歌的主題，從鄭南榕到中壇元帥，聖誕老人到耶穌基督，打手槍的問題少年到制服酒店的港都情人。從真主阿拉到孝女白琴，劍仙到台灣獨立軍，發大財到往生船，排骨便當到紅龜粿。從妹妹的碗粿到黃色電影和大哥大，從汽油彈、核災、公投到紅中白板青發小三元。從大陸妹、落翅仔、檳榔西施到小飛俠、小甜甜和鐵金剛。

哦！還有府城的鱔魚麵、萬巒的滷豬腳、大稻埕的紅蟳米糕。有迷幻山崗的搖頭丸、強力膠、安非他命和麻菸，也有給我青春和快樂的加味人參姑嫂丸和冰冷夏夜裡的肉鯽仔。還有一些莫名其妙卻特別感人的情歌。

一百年後，有人在水溝旁撿到這些歌，會從中認識到台灣曾經有過一段活色生香、豐盛草莽的俗民生活實景。小柯，和從前的左派，一直都很理解他們歌曲中的那些人物，那種生活在「問題社會」的核心經驗。因為，他們就是那些人的縮影。

《裝潢》上市後不久，我和小柯約吃中飯，在他工作的地點附近。雨天，我們撐著傘從民權西路轉入中山北路，再鑽入更小條的巷子，推開一家和食店的門。小柯說，他下午請假了，我倆可以慢慢吃，慢慢聊。

找他吃飯，是想跟他拿那面濁水溪公社的大旗子，黑底紅字的，很有氣勢！再過一個星期，我就要前往世界第二高峰K2的基地營，在那駐紮一個月，報導兩名台灣登山家攻頂的故事。我想將那面旗子當成幸運物，在海拔五千公尺的基地營展開，讓它隨冷冽的山風飄揚。

「旗子我洗好了，」小柯把大旗放到桌上，摺得好好的，「還有，這個不知道你派不派得上用場？一個測心率的手環，你可以戴在手上，好像還可以測步行距離，消耗的卡路里什麼的。」小柯把手環和大旗裝進一個塑膠袋，遞了過來。

我接過袋子，看著他，看著這個曾經站在憤怒青年頂點的龐克歌手，現在是固定要上班，睡覺會失眠，樂團才剛解散的中年男子。走在路上，他看起來很平凡，一旦站上舞台，吉他背在身上，一開口卻有魔力讓周遭的世界跟他燃燒！

我好像回心轉意了：誰說傳奇引退後不能回來？

「一切保重！」我們在大街上擁抱、握手，朝不同的方向走去。遠征開始後，我將大旗塞在裝備袋的底層，它一路跟我橫渡冰河，翻越雪山，穿過稀薄的空氣，抵達荒蕪的凍原。

有時候，我會在整座基地營都熄燈的半夜，躺在自己的帳篷聽《裝潢》的最後一首歌〈再會〉，聽小柯在耳邊唱著：「用一生行自己的路。」那時我總是特別想家。

二〇一九年七月十七日，攀登者預定攻頂的日子。天空很晴朗，留守在基地營的人閒閒發著懶，有人在石堆旁玩撲克牌，有人用望遠鏡眺望潔白的山體。早餐後，我把濁水溪公社的旗子從裝備袋裡撈出來，扛著腳架，沿著雪徑走到冰河邊緣。

風一陣陣吹在臉上，今天是歷史性的一天，此刻在山頂和遠方的海島，各有我珍視的人。基地營的方位傳來無線電的呼叫聲，時間再次塌陷下來……

濁水溪公社　一九八九—二〇一九

濁水溪
公社

這裡，住過張雨生

呼吸　一九八五

張雨生站在政大後山，眺望山腳下的景美溪，這是他第一次從這個高度俯瞰台北，視線在秋陽中舒展開來。九月的校園湧動著對新生活的嚮往，他提起行李走到自強六舍入口，尋找自己的寢室編號：一一〇室。

跨進玄關前他停下腳步，深呼吸了一口，一股微涼的濕氣鑽進鼻心，讓他思緒清澄。將來他會很熟悉這種味道，屬於台北近山的氣味，與梨山不同。

這年張雨生十九歲，戴著眼鏡，頭髮理得很整齊，一副愛國青年的模樣。他晚了一年入學，如果去年北上會到木柵另一間私校讀書，從另一側望向景美溪。重考是為了幫家裡省錢，政大是國立大學，學費比較便宜。

「錢，真是逼死英雄好漢！」大二下學期他寫信回家，在信中感嘆道。身為家中長子，他很清楚家裡的經濟並不寬裕，小學三年級跟著家人從澎湖搬到豐原，不久後父親從陸軍康樂隊退伍，在梨山買了塊地種起高山水果，還開了一家農藥行。

直到和同學搬到校外居住之前，一封封家書就在政大宿舍和梨山的果園間傳遞著。他習慣把學校的稿紙當作信紙，在綠色方格間交代近況：新鮮又充滿挑戰的大學時光、最近考試的科目，以及下次返家的日期。往往要到信末才敢開口，請父親再寄一點生活費過來。無論如何省吃儉用、兼多少家教，在台北過活錢總是不夠用。

外交系的外地生被分配到相鄰的寢室，他穿過狹長的走廊，一間間探頭進去，靦腆地和未來的同學打招呼。每扇門後面都開著收音機，每台收音機都播著〈明天會更好〉，那首當年響遍每個角落的公益歌曲。三年後，他的〈我的未來不是夢〉也會風靡每一戶人家，成為台灣解嚴後的主題曲。

明天與未來，更好的夢想，那是一個相信奇蹟的時代。

室友的書架上，有人疊著紅螞蟻合唱團和薛岳的卡帶，有人擺著《野火集》。張雨生喜歡讀的是李敖，喜歡聽的——他還在摸索自己的音樂品味。高中生日時，母親送了一把木吉他當禮物，放學後他脫下制服，坐在床頭彈唱，不敢去想有一天會唱出什麼名堂來。

男舍的空間很小，他將行李先放進衣櫥，趁著天黑前到山下走走。四維堂低矮的輪廓往兩側延伸，構成校區主要的景觀，有一種樸拙的美感。他和其他稚氣未脫的大一生擦肩而過，不知道開學後會不會在課堂上相遇？在學生餐廳用過晚餐，張雨生沿著山腰漫步回房，走廊邊張貼著電影社放映《冬冬的假期》的海報、指南路上影印行的廣告，還有吉他社的招生簡章。

自備吉他　每週固定四維堂團練

他將這則訊息記在心裡，不確定要不要入社，他覺得妹妹唱得比自己還好。環山道旁有一塊空地，就在文學院對面，在他畢業那年，會蓋起一座嶄新的藝文中心，也是後來那場「跟雨生說再見」紀念音樂會的地點。此刻的他看不見自己的前途，年輕的時間裡，沒有不可能的事。

感覺　一九九四

「一……二……三……四……一起來！」

南港的倉庫瀰漫著舊貨的氣息，架上堆著受潮的CD內頁、陳年的卡帶、一捆一捆塑膠封膜。這裡是飛碟唱片的C棟倉庫，平時人跡罕至，只有管理員會在悶熱的廠房裡清點庫存。但四月開始，忽然變成一個「搖滾樂團」的排練室。

團長用他慣常的爽朗說話聲在麥克風前呼喊夥伴，要另外三位跟上他啟動的速度！〈我是多麼想〉有一段漸快的前奏，這首歌要當成專輯的開場。

喊聲的是張雨生，與其說他是團長，更像放牛班班長，帶領這幫團員和混音師自願流放到邊疆，避開高層的耳目，想做張「與眾不同」的唱片。這勾當他幹起來實在太痛快了！偶像早就當膩了，而且偶像會有過氣問題，但藝術家不會。

張雨生退伍快滿三年，他和公司的人都曉得，自己最賣的日子已一去不返。當兵前那兩張專輯轟轟動動一共賣了六十多萬張，他和王傑、庹宗華一起演電影，從軍甚至成了全國事件，國防部出動直升機載他降落全運會的閉幕式，現場直播唱進每個家庭的電視機。那些輝煌的過往和他「國民偶像」的身分，都在退伍那天隨著軍服繳回了。

兵役是台灣男歌手都要面對的關卡，卻是張雨生期待已久的轉機——不再唱制式情歌，做個忠於自我的創作人。

他把光環留在身後，自組工作室，帶著在藝工隊裡磨練過的 Keyboard 和編曲技巧到美國錄音，在首張創作專輯讓人聽見他想把天空打開的決心。多元曲風的嘗試、更深廣的歌詞關照，當多數人還在地球上，他已奔往了月球。這樣的轉型讓市場措手不及，現實告訴他，還是《大海》比較賣。

彷彿洗淨鉛華，他加入了果陀劇團，找尋另一座理想的舞台，並搬到陽明山上的永公路。張雨生是大紅過的人，在山上深居簡出過日子，比較不會受人打擾。一年四季，陽明山成為他的魔幻台北，雖然沒以前暢銷了，他定期寄錢回家，演藝圈的收入畢竟不會太差。劇團三不五時會寄些文件給他，信封上寫「張小寶　啓」，郵差大概也不知道這裡住了張雨生。

一九九四年初他發行精選輯《自由歌》，一到春天就拉著團員進駐公司倉庫，每天 Jam 上五個小時，密集練了一個月。五月時到長春路的白金錄音室錄音，履行和飛碟唱片倒數第二張專輯的合約。

他的「玩伴」有貝斯手譚明輝，是豐原高中的同學；鼓手姜永正是從前 Metal Kids 樂團的鼓手，江湖代號豆子，他和豆子曾在第一屆全國熱音大賽大殺四方；鍵盤手 Koji（櫻井弘二）原是NHK的音樂總監，剛來台灣兩年，一句國語都不會說。從南部上來的錄音助理小K也被張雨生找來排練，他很需要小K身上的搖滾魂，更要借助他現場混音的功力，營造出 Live Band 那種合奏的感覺。

一張完全豁出去的專輯就在經歷四個颱風後誕生了！它是台灣流行音樂史上秒數最長的唱片，有個完全不商業的名字《卡拉OK．台北．我》。張雨生一手包辦所有詞曲，編曲則由樂團共同完成，大夥天馬行空地玩音樂，順手把專輯錄完。

那是張雨生第六張專輯，在夏天結束前上市。飛碟唱片不知該如何行銷，任它船過水無痕地出現在唱片行，然後回收到倉庫裡。這張專輯的好，要到多年後才會被聽出來，歌壇當時忙著擁抱別人——香港的四大天王、知性的優客李林、草根又動聽的新寶島康樂隊。

我從童年開始做他的聽眾，剛上高中趕著聽西洋音樂，也暫時走開了……

存在　二〇二二

「張雨生之家」位在松茂部落（Tabuk）的低處，往下走就是美麗的大甲溪，上行則通往梨山賓館，路邊有拖車來來去去，和許多賣水蜜桃、馬告辣椒醬的小攤。松茂是泰雅族人的居地，由上中下三個部落聚合；行經蜿蜒的台7甲線，往北十分鐘車程會抵達環山部落，那是攀登雪山群峰的基地。

這一帶我常來，搭著接駁車在雲霧繚繞的山區裡轉，連同後車廂的背包被載往另一個登百岳的起點——中央山脈北二段的登山口就在附近，通向大劍山的松茂林道則在村子另一頭。「張雨生之家」反覆在車窗外掠過，勾動我內心的好奇：主人已經不在了，誰會在門後迎接我呢？

房子的外牆有一面張雨生的人形看板，他坐在牆上彈吉他。每次經過時我把它當成途中的風景，只是用眼睛看，不覺得需要接近它。

我和張雨生交會過兩次，一九九二年他到台南演出，國二的我是演唱會義工，在體育場後台和他要到了合照。第二次是政大校園，一九九七年他出車禍後親友在藝文中心舉辦告別音樂會，大一的我擠不進會場，在山上的男生宿舍望著排隊的人潮。

二〇二二年，他過世二十五年了，我加入一個策展團隊，籌辦他的生涯回顧展。和工作夥伴搭廂型車從台北到梨山，專程拜訪他的家人，蒐集當初的書信、手稿和其他珍貴的物件。我在車上聽著當年錯過的《卡拉OK・台北・我》，它成為這段時日我最常聽的國語專輯。彎曲的山路讓人暈車，我心想：這次終於不是來爬山。

迎接我們的是張媽媽，戴紅框眼鏡，頭髮電得蓬蓬的，是一位溫柔又健談的泰雅女子。張爸爸十年前走了，張雨生獲得金曲獎特別貢獻獎那年，張媽媽難得北上，代兒子領獎。

「張雨生之家」是民宿、登山客棧，也是博物館和紀念廳，櫥櫃裡有張雨生青年時期讀的金庸和《中國歷史演義全集》；有他榮獲的各種獎座、家庭照片和《七匹狼》的劇照，也有身穿王丹T恤的青澀身影。無形陳列的是歌迷的想念，他們從世界各地寄來素描、明信片和信箋，好像收信人還在。

給張媽媽做過訪談，二弟載我們到上部落的「陋室小館」吃飯。黃昏的山景開闊又朦朧，張媽媽把溪蝦夾到我們的碗中，心情就和酒量一樣好。此地海拔大約一千六百公尺，入夜後溫度驟降，我一個人住在頂樓的房間，電毯很溫暖。躺在上面，我想著許多事情。

隔天陽光大好，早餐後我到環山道走走，部落裡最醒目的那面牆上寫著「音樂魔法師的故鄉」，用他的歌名拼貼成字串：我是多麼想——天天想你——和天一樣高。底下刻著：一九六六—一九九七。這個數字曾經是難言的隱痛，如今是故事的頭尾。

涼爽的山風中，張媽媽送我們上車，請媳婦拎了一大堆自己種的甜柿和蜜蘋果到車上，要我們回台北慢慢吃。上車前我抱住她，問她最喜歡的張雨生歌曲是哪一首？她閉上眼睛，唱起〈我呼吸　我感覺　我存在〉，並笑著問我，要不要跟她一起唱。

電影是最好的嚮往

小時候看的電影，印象總是特別深刻。人還懵懵懂懂，充滿彈性的心靈有很多空間裝載對世界的想像，用不著3D眼鏡和環繞音效，所有電影都是「沉浸式」的，觀影的過程，就活在銀幕的世界裡，看戲即入戲。

會被跳出來的殭屍嚇到，以為草原上奔跑的野獸要撲向自己，在外星人搭腳踏車離開地球時感到難過。壓根不會去「想」鏡頭擺在哪邊，剪接的邏輯，為什麼這個時候要出現音樂。一切都由情感去帶動。

那些畫面怎麼可能是設計出來的呢？（如果是，那畫面**之外**是什麼？）畫面裡的人都是演員嗎？（那下戲後，他會變成誰？）

這些問題，如同人死後那個「我」會去到哪裡，都超過一個兒童能理解的範圍。他的心思還單純，經驗還能無限擴充，電影像一場膠卷記錄下來的夢，只是看，只是聽，就感覺自己到過那裡。

我第一次到九份，是在《悲情城市》的電影中，山城裡彎彎曲曲的街道，蒼茫的海和喧鬧的酒樓，像一幅栩栩如生的風景在銀幕上開展。第一次知道二二八也是透過那部電影，十歲的我坐在黑漆漆的戲院，彷彿碰觸到某種禁忌，歷史的創傷成為被壓抑的衝動，在時代裡冷卻。

第一次聽見一聲酣暢淋漓的「幹恁娘！」，是陳松勇開口的時候。台語其實很典雅，陳松勇說話的氣魄讓我感受不到那三個字的髒，而是一種本省男子的豪邁。他是整部片第一個出場的角色，抽菸、點香、拜拜，憂心忡忡的臉上，好像在擔心著接下來會發生的事情。

電影提供我們真實生活欠缺的經驗，電影可以成立，是因為我們相信它為真。人是相信的動物，所有「畫外」之事都與眼前的電影無關，尤其在天真的童年。

一九八九年十月，我們一家四口到台南的電影院看剛上檔的《悲情城市》。我讀小學五年級，姊姊國三了，我們的爸爸很愛看電影，他常自豪地說，大學聯考前一天沒在讀書，跑去看《魂斷藍橋》，「如果當時聯考有一科是考好萊塢影星的名字，我的分數一定全國數一數二！」

姊姊上大學參加電影社，出社會後也做相關的工作，我則讀了廣電系，應該都能追溯到從小跟著爸媽到處看電影的影響。我這個南部小孩，十歲才接收到台語的薰陶，是比較不尋常的事。爺爺和奶奶當年搭船跟國民政府撤退到台灣，講的是湖南話；阿嬤是受日本教育的台灣人，為了練好她的國語，把我這個孫子當練習的對象。

我讀的國小也不鼓勵說台語，雖然不會被處罰，校園裡隱隱有一種不說台語的默契，說台語就像說錯話一樣。走進電影院被《悲情城市》洗禮前，我十年的人生裡可能真的沒聽過一聲幹恁娘。我被保護得很好，躲開了語言的暴力。

語言的暴力不只因為它髒，還有陌生感在心裡擾動起來的不確定。聽不懂帶來了神祕，而神祕是啟蒙經驗的必須。《悲情城市》裡的南腔北調各有各的音律和節奏——台語、粵語、日語和上海話，我習慣的國語反而最少聽見，必須看字幕才能聽懂他們在表達什麼。

字幕其實是讓人出戲的事，渾然天成的畫面上，怎麼會有字呢？但我們沉浸其中無可自拔，忽略了這個bug。人會依照情境重新定義現實。

陳松勇在劇中飾演林文雄，是林家四兄弟的老大。林家是當地的望族，在九份經營「小上海酒家」，勢力橫跨黑白兩道——檯面上他們經商，有船在台灣和上海之間跑，做民生物資的買賣；檯面下是地方的風紀股長，平衡各方利益，把村里的幸福照顧妥當，維持一個公正的江湖。

林文雄身為林家長男，總是眉頭深鎖，時時保持警覺。各路人馬來來去去的家裡，年邁的父親已退居幕後，父親林阿祿由國寶級布袋戲師傅李天祿飾演，一如作家吳念真和謝材俊在片中的士紳角色名為吳老師和謝老師，導演侯孝賢的電影裡，角色和演員時常共享姓名上的特徵，製造一種曖昧的感覺——我們看的是虛構還是現實？

林阿祿遵從「大事化小，小事化無」的處事之道，這套哲學傳到林文雄手中，他做流氓，為人卻有一股凜然的正義，一言九鼎地喬事情，用大嗓門指揮著純樸小鎮的秩序，每回開口罵人都罵得理直氣壯！他操煩弟弟們的出路，在日本人戰敗後、國民政府遷台前的動盪時局中，展現出強悍的本色。

二弟林文龍是愛聽古典樂的醫生，被日軍徵召到南洋當軍醫，生死不明。三弟林文良在片中瘋了兩次，一次因為戰爭，一次因利益衝突被人誣告為漢奸，在獄中受盡折磨。

四弟林文清八歲那年聾了，他有拍照的天份，成為比手畫腳的攝影師。

林文龍在片中並未現身，只出現在黑白照片裡。演林文良的是高捷，他難得在侯導的電影中不叫「捷哥」，專心演個虛構的人物。林文清由港星梁朝偉扮演，聾啞的設定讓他不用說話，避開了語言的輕重。他用眼神渲染，以沉默來溝通。

而林文雄和陳松勇呢？究竟是誰在扮演誰？後者只是換上前者的名字活在電影中吧！

對十歲的我，那兩人是難以區別的同一種概念，我無法想像陳松勇下戲後會變成另一個人，過另一款的生活。他依然飆著一句句直爽生猛的台語吧？想必為人海派，受人敬重，草莽的氣焰中有一種深度。而且啊，沒好氣的樣子還頗有喜感……

《悲情城市》的故事設定在一九四〇年代末期，變遷的時勢讓金瓜石的礦工醫院請來外省老師，教授未來掌權者的語言。林文雄在歷史的夾縫間交際運籌，探聽二弟的下落，把三弟從黑牢保出來，還幫四弟開了相館，並催促他的婚事。他能屈能伸，械鬥幹架絕不手軟，也能為了大局對長輩陪笑臉。

一個起起落落的大家庭，凡事要問過大哥，由他來下決定。那樣有威嚴的人，恰是我生命中缺少的本省家族長。陳松勇給我一種嚮往，而嚮往是最美好的感情。

阿公在我出生前幾年生病過世了，姊姊被他抱過，坐過阿公的鐵馬，但我沒有。阿嬤生了七個女兒（在鄰里間獲得七仙女的稱號），最後拚到一個兒子，是老八，我唯一的舅舅。舅舅長得英挺又帥氣，穿皮衣和喇叭褲，時常騎著一輛白色偉士牌載我和姊姊去兜風。

《悲情城市》上映的那年，舅舅出車禍走了，「阿嬤家」剩下八個女人，八個堅強的台灣女子。我心底或許暗暗期盼著，能有一個很有本事的男人當家作主，扛起持家的重擔，讓阿嬤、媽媽和阿姨們不用那麼辛苦。風雨飄搖時有人來保護她們，用那雙負責任的大手。

阿嬤家位在台南南區一座菜市場旁邊，那種菸不離手、穿著薄薄的汗衫、手臂上有刺青、腰上纏著束腹的「大男人」，是我童年場景中一頁難忘的寫真。他們能悠悠哉哉泡一下午的茶，天南地北地訐譙，一上牌桌就鬥個你死我活，好像手裡的天九牌攸關眾人生死。

他們聚在一起時散發出某種張力，讓人想湊過去看一看，霸道的德性卻又告訴你那是雄性的場域，還沒長出男子氣概的「小朋友」別過去自討沒趣。那種歐吉桑明明教人懼怕，一些小動作又透露出親切，而無論輸贏，賭博的背影都很滄桑。

陳松勇以《悲情城市》奪下一九八九年金馬獎最佳男主角，擊敗香港的大明星成龍，成為首位以台語演出的本省籍影帝。我們一家人一起看電視轉播，我坐在客廳的沙發上，感覺上台領獎的人也是林文雄，他穿西裝的派頭、從螢幕裡溢出來的魅力，都和陳松勇一模一樣。

會後陳松勇摟著影后張曼玉，一臉意氣風發，用他宏亮的聲音對記者說：「我認為得這個獎，不是一部影片就得到獎，是我一直累積下來的成績。」他演了十多年的電視劇，多半是龍套和配角，最後因為走入一個角頭老大的內心，得到最高的榮譽。

那個獎似乎也肯定了，他是台灣公認最好的大哥的版本。

二十年後，《悲情城市》在金馬影展重映，三十歲的我已經看過很多電影了。它不再是純粹的經驗，戲裡戲外的界線變得更加清楚，訓練得世故的眼睛，偶爾還會看出一些破綻。但重看一部兒時的電影，好像能重獲一雙純潔的眼睛，在那幾個鏡頭裡，重新凝視記憶中淡忘的景觀。

景觀在膠卷中重建起來：陰鬱的九份，林家「做流氓不做漢奸」的格調，知識份子沒落的理想，暗潮洶湧的賭局，我甚至認出了幾個長大後才知道的演員。但存在感最強的依舊是林文雄——或者說，陳松勇，我依然無法將他們兩個人分開。

他有敏銳的預感，能覺察人情間的每一股暗流，卻身不由己被時代的大浪推著走。漸漸熄滅的聲勢，宛如低迴的春雷。這時我能聽懂更多台語了，只要陳松勇一開口，我就掉回二十年前的時空。模糊的北海岸旁，全是無言的山丘。

他在戲外活到了八十歲，過往的名氣轉換為新聞價值，媒體爭相報導「勇伯」的各種軼事。說他小時候母親就離世了，學歷只有小學卻很愛讀書，學問全靠自學而來，還出過幾本教人說台語的書。說他得獎後一度是台灣片酬最高的連續劇演員，仍有情有義接演一些小品。

說《悲情城市》的男主角本來是梁朝偉，但陳松勇鋒芒畢露，硬是闖出雙主線的格局。而每則報導一定會說，他愛喝酒，喝得一身慢性病，勇伯只是淡然地說，自己不想太早死，因為錢花不完。

他沒娶老婆，晚年由一名印尼看護照料生活起居，兩人互稱爸爸和女兒。家裡的櫥櫃擺滿了茶壺、布偶和歷史書籍，陪一個曾經叱吒的老人度日。林文雄在片中被一槍打死，死得很悲壯。陳松勇臨終前自願放棄治療，到安寧病房迎接戲夢人生的結尾，走得很有尊嚴。

告別式上，媒體訪問那名看護，她用從「爸爸」那裡學來的台語，對記者說感謝我爸爸，他對我很好很好。陳松勇每個月都給她兩份薪水，最後還留下四百萬台幣的遺產給她，照顧她的下半生。這則新聞上了印尼當地的媒體，許多人都知道台灣有個老演員那麼重感情，說兩人是彼此的福報。

曾有一年，我在捷運雙連站附近碰過他們。起先我望見一個老人被看護推著，路旁的民眾漸漸圍過去，又把路給讓開。陳松勇裹著冬衣坐在輪椅上，他戴著眼鏡，鬍子都白了，眉宇間仍有一種威嚴，與同時存在的親切。林文雄年老後應該就是這個樣子。

一位資深藝人出現在市井小民的生活現場，本該引起一些騷動。但他周遭的人，那些做小生意的、剛下班的、給人擦皮鞋的，都融洽地看著勇伯被推過自己身邊，向他問好，握手打招呼。演員下戲後會變成誰？多年後我明白了。

他會變成我們的一份子。他把人生的嚮往，都留在了電影中。

報廢一個身體

要來「取貨」的那輛大卡車，日落時開進我家樓下那座公園旁邊的巷子。天還沒完全暗下，空氣裡懸浮著某種半透明粒子，被隆隆的引擎聲一陣一陣的攪動。我踩著拖鞋趕下樓，心無漣漪地，準備把大橘送走。

十六年了，我對它再無眷戀。這幾年它也暗示著我，該放手了。

大橘是我人生第二輛摩托車，150cc 的光陽KTR，一款國產的打檔車。它被前任車主烤成橘色的，被我取了這個綽號。前車主其實有兩位，我是它第三個主人，行照上標註了它的身世——二〇〇四年出廠，那也是KTR量產上市的那年，它是第一代。

二〇〇七年我從紐約讀完研究所回國，需要代步工具，打聽之下，有個大學直排輪社的學弟要出國讀書，慷慨把車轉讓給我，幾乎是用送的。學弟把能改的部位都改了，檔位從循環檔改國際檔、輪胎改寬胎、輪圈換鋼絲框，還加了一個夜光轉速表。

其他像是排氣管、後照鏡、尾燈都不是原廠的，坐墊也請人重新包過，改車的費用加起來大概跟買車的錢差不多。學弟說，他想打造一種「復古越野風」。

他身材挺拔，從前是我們曲棍球隊的守門員，家住內湖豪宅區的透天別墅，有綠色庭院的那種。牽回大橘前，我根本沒騎過打檔車，在監理站辦完過戶，學弟載我到他家附近繞了幾圈，教我如何駕駛，何時應該換檔。

因為流線型車身，後座的人會貼到騎士的身上，起先我被載得有些不好意思。後來換我騎，他坐後面指導，幾次熄火後，我漸漸能讓它慢速滑動，再踩到高速檔加快車速。過彎時我把重心壓低，大橘體內湧出一股低沉的共鳴，好像認了這個新主人。

繞完最後一圈，我把學弟放回他家門口，自己戰戰兢兢騎過民權大橋，停在當時和女友住的國宅旁的機車格。自此，它跟了我十六個年頭。

大橘出現前，我第一輛摩托車是白色的三陽Attila（阿帝拉），是大學聯考後的禮物。一九九七年一個無憂的夏夜，車行老闆把新車牽到我家門前，按下電鈴。我開門去迎接，第一眼看到的不是車，是一頭白色駿馬在對我點頭，彷彿在說，讓我載你到天涯海角。

我興奮地跳了起來！成為有車階級，是大事一件。

我迫不及待跨上它，在巷弄間巡遊，涼涼的風拂過身體，吹得人很舒服。一邊催著油門，我一邊想著秋天它會帶我去見識五光十色的台北，後座會有一個現在還不知道在哪裡但終將出現的女孩，她輕輕抱住我，一起去兜風。

夏末，託運行把這輛 Attila 和其他新生的坐騎一同往北送，宿舍的學長將外地生集合起來，載到承德路取車，像熟門熟路的老司機領大家騎回木柵。Attila 是 125cc 的速克達（Scooter），自動變速不用換檔，會騎腳踏車的人應該都能駕馭。

騎速克達算是台灣人的**基本技能**吧？至少南部是這樣。速克達車身低，車頭與座位間有一塊踏板可以放東西——任何東西。

一九九八年 IKEA 在敦化北路開幕，我剛升大二轉到廣電系，「那個女孩」也出現了……是班上的同學。我載著她從辛亥隧道「進城」，去 IKEA 買了一個很高的 CD 架。大學生手邊沒錢，不想多花運費，兩人把架子一起抬到馬路邊，再想辦法弄上車。

對面的棒球場剛結束一場夜間賽事，喧騰的球迷溢到南京東路上。亂軍中我將 CD 架放上踏板，用雙腿夾緊，女友從後座用手把它按在我的肩頭，就這樣搖搖晃晃鑽過人群，簡直像在特技表演。

畢業後我抽到裝甲兵，下部隊是戰車駕駛，開了幾個月的坦克。後來連長把我調去做行政，管連上的錢，時常要出外洽公，便將Attila寄到屏東去。退伍去紐約前它被我轉送給阿姨，當她平時的買菜車。

我這一代，高中騎摩托車還不用戴安全帽，家裡比較「開明」的同學，會穿著校服騎車上下學，把綠書包朝內掛在Dio50的龍頭，那樣子**很趴**。明明未成年無照駕駛，台南的警察也懶得抓，同學載著一樣未成年的馬子，放學到海濱秋茂園的木麻黃林鬼鬼祟祟幹一些事，隔天再到班上炫耀。

彷彿從青春期開始，摩托車對一個男孩就不只是「交通工具」而已，它是身體的延伸——補足，或加強了你欠缺的特質。動感的車身，具攻擊性的線條，引擎發出的凶猛吼聲，加起來象徵了終極的自由：移動！追尋！逃跑！

女孩不單輕輕抱著你，她同時抱住了你和那輛車。你握住手把掌控去向，展現主導的權力，但那個「代理身體」有一天也會老去。

打檔車的缺點一堆，尤其在潮濕多雨的城市，汽缸暴露在外，容易遇水生鏽，損壞筋骨。沒有置物箱放安全帽、前踏板堆東西，雖然鞍袋和貨架可稍加彌補，天生就是不太方便。但它的造型啊！還有騎乘時的動態效果，感覺就是比較帥，足以讓人忽略所有的不便。回國後搞了一輛打檔車來騎，是想滿足曾經的缺憾——我也想有個叛逆的身體。

大橘模樣很高調，前後擋泥板像兩輪太陽光暈，在街頭畫出耀眼的橘色波浪。我載女友去她工作的唱片行上班，每天在基隆路來回，常被路人施以注目禮，心情跟著飄飄然。有些檔車騎士會找我軋車，但我徒有霹靂外殼，內心卻很膽小，他們跟我並行一陣就揚長而去，大概都在想，這個遜咖騎這麼屌的車幹嘛？

同居兩年後我們分手了，三十歲的我，背著幾包家當，騎著大橘離開一起住的地方。它陪我搬家，陪我安頓好，陪我逃到城市邊緣想忘掉一切。難過時，它會用引擎聲安慰我，每次發出的聲音都不太一樣。

它是被「魔改」過的車，曾傷過元氣。騎了幾年，修車成為我的日常，騎車不再為了要帥，只為了要讓電瓶充電。我一天到晚把它帶到羅斯福路，讓人稱「火雲邪神」的老師傅修理——化油器、變壓器、整流器、油門線、方向燈全換了一輪，火星塞和電瓶不知換過多少顆，甚至搪過一次缸。

搪缸，就像對人體進行心導管手術，大橘挺住了。在它晚年我換了一對輪胎，坐墊被路貓的爪子刮花，懶得再換。除了車架，整輛車整頓成另一個身體，修車的費用早就超過買車的錢……再沒幾個人坐過後座，那是回憶的保留席。

這輛年邁的三手車，每年做排氣定檢，狀況愈來愈不穩定，總是吃力地通過標準值。車行頭家忍不住搖頭，叫我別再修了。我問他，這麼帥的車，多少收？頭家瞥了一眼，說兩千差不多。

我搬到東區的第十四年，有一夜作了大橘發不動的夢（這種夢我作過N次了），隔天下樓一踩，竟一發就動！騎到大安森林公園附近買早餐，回程在仁愛路和建國南路的交口，一個迂迴的轉角，一輛轎車從右邊往我這切過來，很離奇的，我順勢往它那靠了過去，好像兩個移動之物間有一種引力。

眼睜睜就要撞上前，世界停格了一秒，我閃過一個清楚的念頭：哇！要出車禍了。就在碰到前一刻，不知什麼力量把兩者彈開，轎車往右側牽引道滑行過去，我沿著左邊的切線繼續前行，車身保持平穩。晴空下，彷彿剛才什麼事都沒發生。

回家我將食物擱在桌上，第一件事，是上網研究報廢機車的流程。我知道有誰幫忙擋了一次，不會再有第二次僥倖。

一輛二十年車齡的車，報廢手續不用二十分鐘。登入政府的「廢車回收一站通」網站，填妥委託書、選擇回收商、約定拖車的時間和地點就搞定了。不用拔車牌去監理站，車體回收和車籍報廢一次到位，車牌就和「您的愛車」（網頁上的說法）一同被載走。

告別大橘的下午，回收專員打電話過來，說他傍晚會到，「大哥，你那邊好停車嗎？」他在電話那頭問我。幾小時後，卡車的巨響擾動了平靜的社區，街頭微光散射，像黃昏的後台。我在一道隱形的布幕邊把車鑰匙交給司機，是個彪形大漢，人很客氣。

他將我的身分證和行照放在大橘的坐墊上，拍照回傳給系統。「車有什麼部分你想當紀念嗎？可以拆掉帶走。」我看著坐墊裡跑出來的泡棉、骯髒的輪圈和鏽花了的汽缸，默默對大橘說，我盡力照顧你了，謝謝一路守護，你可以退休了。

幾天後，「**車體已完成拆解**」的簡訊傳來，只有我和大橘知道的一些祕密，隨它埋進了垃圾場。又過了一個月，系統撥了一筆回收獎勵金到我的戶頭，區區三百塊錢。我騎著新買的單車，一個更簡單乾淨的身體，用那筆錢吃了一頓。

我把大橘吃回了肚子裡。

手臂上的閃電

「想清楚了？」

「嗯，想清楚了。」

大毛下筆之前，和我再確認了一次。

「刺青是一輩子的事。」

「我知道。」

大毛綁著馬尾，戴粗粗的黑框眼鏡，樣子很豪氣。他是朋友C介紹的刺青師，C的第一個刺青就是給他刺的。如今，C的背部、手腕、腳踝，全身各處都紋上不同的圖案，身體像一張多彩的畫布，隨他的行跡而移動。

刺青會上癮喔！C警告過我。

他是陪我吃過苦的哥兒們，一同上山下海，有共患難的交情，即使這樣，我也從沒問過那些刺青的意義，總覺得探人隱私。那些散落在他身體四周的圖案，彷彿各個人生階段的戳記，有些事，他會不會不想再提？

約莫就在Instagram開始流行，圖像化分享成為社群主流後，刺青洗刷從前的汙名，不再和不良少年、法外之徒劃上等號。它升格為某種「識別標誌」，標示身體擁有者的品味、偏好與想法。身邊的朋友一個個向刺青店報到，刺青師這個職業，也在同溫層裡多了起來。

刺青的歷史，就是一部文明發展史。工業革命前，水手會將身體當成地圖，把航行過的異域紋在身上，像在蒐集勳章。某些文明中，罪犯身上的刺青是恥辱的標記，但是在埃及，木乃伊的紋身卻用來表明身分地位。

隨著時間推移，刺青從一種手藝，發展為一門工藝，日趨專業化的結果，讓它成為「有個性」的大眾商品。客製化是創造差異的手段，刺青在當代，目的愈來愈個人，通常為了紀念一樁重大的事件——成年、婚約、三十歲生日、親友的離去，或者，哀悼一段感情。

也可能反過來：刺青曾是感情的明證，但情已逝，它成了追憶的符號，烙印著過往的心思。

現代人的刺青是如此貼近自己，實在很難隨便開口向人問道：嘿！你為什麼要刺「那個」？

刺青令人著迷，正因為它在「公」（暴露在外的皮膚）與「私」（收藏在內的心緒）之間，串連起一條通道。身體的主人主動留下一些線索，隱隱透露出和他相關的訊息：旅行過的地方、信仰的宗教、身家背景，乃至疾病史。

倘若整形是替身體投下大規模毀滅性武器，刺青是相對柔和的做法，它不更動一個人的「型」，只是在相同的型之上，多添了幾筆。雖然規模不同，兩者都是為了達成某種程度的「自我改造」，套用社會學的說法：一種重新創造自我的行為。

自我的重新創造，向來得經過儀式的洗禮。古時部落的人，藉由刺青來感知痛苦，耆老以荊棘或獸骨為畫筆，用煤灰調製成墨水，一寸一寸在年輕族人身上拍打，構成部落的圖章。拍打時會發出「叩叩叩」的聲響，多人同時進行就組成節奏部，聽來宛若鼓擊——是的，儀式當然得配合音樂。

古人以煤灰調製墨水，後人有個美麗的詮釋：讓森林的最終形式進入體內。原住民族偏愛的圖騰是自然系的，如日月星辰、山巒波浪，他們的世界即自然；此外也有威嚇外族的戰士紋身。而當光陰流逝，簡單的圖騰便演化為豐饒的神話故事。

我最愛的刺青說法是日本人口中的「入墨」，文雅又有視覺感，把刺青提升到藝術的層次。入墨時，身體延展為一張立體的畫布，一旦墨水接觸到皮膚，和皮層起了不可逆的作用，身體的主人從此必須對他的選擇負責，對那特定圖像做出承諾。

讀過一則報導，在刺青解禁的今日，東方和西方對它仍有不同的態度。日本文化裡，有些公共浴池禁止刺青者下水；中國官方明文規定電視上不能出現刺青，一些中東國家甚至不讓刺青者加入軍隊。但在美國，三分之一的人身上至少都有一個刺青，隨之興起的是去除刺青的行業。

人在資本主義的國度，比較有後悔的本錢。

出發去找大毛前我先google過他，知道他是相當資深的師傅，有記者形容他是「性格男子」，會挑客人。給他刺時常要排好幾個月，大毛的規矩是不能電話預約，一定得先面談過。我的盤算是先去拜會他，如果夠幸運，就能在Waiting List填上我的名字。

西門新宿，天曉得我多久沒走進那棟建築物了！和旁邊的萬年大樓一樣，有一天你忽然意識到不再渴求裡面販售的青春。踏進新宿的門，空間瀰漫著摩鐵混合KTV包廂的氣味，我走入送貨電梯，搭到更高的樓層，眼前是一條小走廊，有人蹲在地上盤點運動服飾。我表明來意，他用眼神示意我左轉。

按下電鈴，門開了，迎接我的是一對瘋四與大頭蛋的公仔，天花板的花紋讓人想到《絕美之城》主角的房間，藍藍的底，上頭有白雲在飄。大毛正在工作室幫其他客人刺，他探出頭跟我打招呼，我說，我是來預約時間的。

「你想刺什麼？」

我將存入手機的圖秀給他看，是大衛．鮑伊那張《Aladdin Sane》專輯的封面——鮑伊閉著眼睛，右臉頰有一道閃電的輪廓。大毛對那位搖滾巨人好像不陌生，我大概也不是第一個拿那張專輯來找他的客人，他問我：「實心還是空心？單色或是彩色？」

「單色，刺那個形狀就好，會不會太大材小用你？」

他爽朗一笑，說：「我今天就能幫你刺，等我先把手邊的 session 結束掉，你出去晃個二十分鐘再回來！」

我心一驚，覺得自己似乎還沒準備好（我少了可以**反悔**的時間了），不過，人生很多事憑的就是一股衝動，而衝動是我現在渴望的感覺。

半個鐘頭後，我坐在大毛的工作檯邊，環顧那些晶亮的工具、器械與顏料，想像它們即將編織出的圖案。我要刺在右手臂，像抽血那樣把手伸出來，大毛挪了挪我的手腕，跟我解釋可能的大小和位置，還有怎麼刺會比較漂亮。

「這樣可以嗎？」

「你是Master，你決定都好！」事到如今，我沒有任何疑慮了，我期待著那道閃電擊中我的瞬間。

嗞～嗞～嗞～

針頭在刺青槍上旋轉，把黑色顏料送入我的皮膚，從此成為我身體組織的一部分。

嗞～嗞～嗞～

結束前大毛又細心修了幾筆，一個完整的⚡狀浮現於我的內手臂。從構圖、下筆到清潔，前後只花了十五分鐘。

來到這個年紀，刺青已不是叛逆的表現，甚至反抗的標誌；更不是為了裝狠耍酷，以為這種舉動可以刺激父母（爸媽看了只是淡定地說：哦，暫時別刺下一個了）。單純是因為這個記號對我是有意義的，就像護身符，或者我想和某些人溝通時的入口。

我舉著有點紅腫的手臂，搭上離開西門町的公車，心裡複誦著大毛交代的保養事項。十八歲那年，我北上讀大學第三天就跑到西門町穿了兩個耳洞，後來疏於保養，它們發炎、潰爛，我畢業後再也沒戴過耳環。

剛剛誕生的閃電，我盯著它，皎潔光明一如年輕人的皮膚。有一天它會黯淡，也許縮水變形，並不是閃電生病了，它只是配合我的生命週期。我們都是星辰的孩子。

中年鯨魚

禮拜天晚上的深水池，中央清出了一條水道給接受測驗的人。一共有八條水道，池邊矗立著幾座不同高度的跳台，觀眾席的座椅是橘色的，一些大型賽事會在這棟場館舉辦。

我穿著幾天前在對面的運動用品店買的新泳褲，頭上的泳帽也是新的，身體直立起來在水道裡用力踩水。雙手像剛摸過熱鍋似的，在身體兩側不停甩呀甩。這個岸邊看過去略顯滑稽的動作，叫作「立泳」。

嗶！那位腹肌結實、穿救生褲的監考員吹響口哨，向漂在池心的我喊道：「好！三十秒通過，現在請游到水道起點，我們來考第二項。」

第二項是三十分鐘游完一千公尺，以這座池的標準，是來回二十趟。網路上有一支「攻略影片」，網紅教練說：「我跟各位講！就算用狗爬式隨便划，三十分鐘一定游得完！」我不確定狗爬式有沒有公認的泳姿，只知道我要用蛙式來游，那是我唯一搬得上檯面的姿勢。

腹肌男站在岸邊，居高臨下說，你準備好隨時可以出發。我是今晚唯一來考「深水鯨魚測驗」的民眾，考過就能拿到「深水鯨魚證」，獲得跳進五十公尺深池的資格。在它旁邊有另一座淺水池，二十五公尺長的水槽內，總是擠著慢速前進的初學者、老人和兒童。

我可沒有年齡的歧視，我也兒童過，有一天也會變老，只是在我自認人生體能的巔峰（四十歲因為登山鍛鍊出來，真是意想不到），應該試著挑戰更困難的池！況且，水道裡那種塞車的感覺實在掃興，有游泳的人都明白。

我將泳鏡戴好，拉拉後面的束帶讓它更貼合頭型，腹肌男見我要出發了，叮嚀了一句：「游過深水池嗎？」我搖搖頭，「那你要習慣一下那個視覺，一開始可能會有點恐怖。」喝！我最中意恐怖的事了，放馬過來吧！

大力吸了口氣，我雙腿往池壁一蹬！帶著嶄新的泳具與對第二個「游泳人生」的期盼潛入水中，雙手張開畫圓，一推一抱配合踢腳和換氣，游起小學在暑期泳訓班學過的蛙式。游過水道一半，池底像馬雅神廟那樣開始以平均的幾何角度向下切，本來是在地球上游泳，忽然像漂浮在太空，好像整個人會被水底的吸力拉進去。

幸好與安全感（即另一側的池壁）不過二十五公尺的距離，而且持續縮減中。尼采不是說過嗎？「當你凝視著深淵，深淵也凝視著你。」這句話出自《善惡的彼岸》，但泳池在道德上是中立的，兩岸之間沒有善惡，我只要勇敢盯著因深度變得奇異的池底空間，游過這一池藍澄澄的人工水源。

二十六分四十五秒是最後考到的數字，計時員將這組數字從碼錶抄進本子裡，意味我從此成為鯨魚一族。

年過四十才升級為鯨魚，會不會太晚？在我忙著學各種才藝的小學，游泳是真心喜歡的一項；與其說是才藝，它更像一種**技能**，摩羯座天生比較看重實用性吧。暑假時一家人到成大的露天泳池，和一個叫「黑叔叔」的教練學游泳，是清涼又快樂的回憶。

關於游泳的一切，都從生活中獨立出來，女孩們花花綠綠的泳裝染上繽紛的色彩，蒸氣四溢的淋浴間和水花飛濺的池畔，都有專屬的氣味，其他地方就是聞不到。不小心還會在池子裡偷尿尿，好像真的不會有人知道。

黑叔叔是緬甸來的僑生，用故鄉的配方燒得一手好肉燥，香味會從他的宿舍裡飄出來。在他的調教下，我從海馬（正是立泳的姿勢）、海龜、海豚，最後蓋到旗魚的印章。游泳就像騎單車，建構了深層的身體記憶，學會就忘不掉。幾十年來間歇地游，卻未曾在生活的台北好好把它當一回事。

近幾年想在跑步、登山、騎單車外，添加一些日常運動的變化，也鍛鍊不同的肌群。聽朋友說游泳之於登山，是絕佳的恢復訓練，不過真正推動我的是想把自由式練好的渴望。我想證明，能把一件偷懶過的事情做好。

自由式學來比蛙式複雜，若不得要領，游起來會累得多。童年的我很沒耐心，不喜歡累，仗著手長腳長，許多運動沒認真去練，在同儕間也有不錯的表現。這種心態讓我對自由式興趣缺缺，教練教泳時，就在旁邊潛過來鑽過去，到處玩耍，有時像個大爺用仰式曬太陽，也沒萌生自由式比蛙式帥得多的想法……

如今長那麼大了，要去哪裡找回黑叔叔呢？網路上一大票游泳 YouTuber 就是現在的黑叔叔！管他台灣還是對岸還是歐美的，只要能把原理說清楚、觀念講明白，並且示範仔細，就是一個好教練。

我把整個身體重新打開來練，忘記從前的慣性，從踢水、划手到呼吸，一個動作一個動作練起。出門前先在家裡想像入水的感覺，再到池子內實做，但挫敗感很快就湧現了——泳姿沒辦法用**想的**，陸面和水下有截然不同的物理規則和身體感。

游泳是以身體為工具的試錯法，唯一的訣竅是：時常去游。

從一週兩次，練習量增加到三次，某個星期還去了四次，我在繁雜的工作中硬是逼自己撥出時間去下水，真是一隻勤奮的鯨魚！我記住每次的感受，下次入水就從前一次的基礎上去調整——抬臂、抱水、推水，重心的交替與轉體的角度，如何用流線型維持最有效率的泳姿。

如生命中多數需要練習之事，勤勉會創造初期的學習高峰，帶來成就感。狀態好的時候，我被浮力穩穩接住，傾聽著安靜的聲浪，身體在水中喜悅地舒張開來，進到完全當下的境界。沒有過去與未來，只有這個奮力划水的此刻。

有時甚至從池面抽離出來，浮起似的觀察這具身體：每秒跳動超過一次的心臟，把血液推送到全身。血紅素是一種蛋白質，氧氣攀附在上面，紅血球負責派送氧氣到人體各個部位。奇妙的是，紅血球很無私，它自己不需要氧氣，以葡萄糖供應能量的需求。

泳者轉頭用嘴巴大口吸氣，再從鼻心吐出氣來，這時橫隔膜跟著收縮與擴張，大把空氣從鼻竇腔，那個幽深的迷宮噴回水中，散成一顆顆迷人的氣泡。

有一回我發現自己在乘風破浪，游完一千公尺看了牆上的鐘，竟然比當初測驗的蛙式快了一分鐘！雖然自由式**本來**就應該比蛙式快的，第一次做到的那晚，這個中年身體竟然在池邊哭了起來。我潛到水下……在池子裡哭，同樣不會有人知道。

但生命就是這樣，突破期之後馬上迎來高原期，缺少真正的教練在旁指正，微觀你的身體藍圖，自學有其侷限。我發覺昨天的狀況帶不到今天，自以為身體狀態的好壞，不見得會展現在時間上。離家時信心滿滿，彷彿今晚要再創高峰，啟動後卻游得零零落落，力不從心。

而一次下水，我記不了超過三個要調整的動作。游泳是一種講究協調的運動，「牽一髮而動全身」，太專注於某處可能會顧此失彼，但不將那裡校正好，秒數又停滯不前。最殘酷的一點是：告別了兒童泳訓班，游泳變成枯燥到不行的運動。

如何讓操練變得有趣，在反反覆覆的微調中找到持續向前的樂趣，是它最困難的地方。

下水四次的那個禮拜，幾天後我的腳踝開始痠疼，我知道身體在對我說，你要休息了。變回陸上動物的日子，我思索著「追求秒數」的意義。確實，超越昨日的自我是人所以進步的驅力，可是當超越的欲望成為一種壓力，卻違背了游泳是為了放鬆肢體與重新學習的初衷。

我能不能當回一名輕鬆的泳者？

等待傷癒的過程，我一天比一天更想念泳池，它變回一處讓人想去放鬆的場所，不再是魔鬼訓練場。不能游的時間，我拿來閱讀，在一本關於攀登者體訓的書中，讀到一句金玉良言：「訓練令你虛弱，恢復才能變強。」

是啊，放下是一門藝術。何時選擇「不練」，就跟何時該練一樣重要。

一個多月後，我再次背上游泳袋，把單車停在場館門口，像個孩子在淋浴間換裝，用熱水沖過皮膚，滿心期待鑽進了深水池。我把手、腳和呼吸自由地組裝起來，忘了秒數與時間——親愛的身體啊！讓我們重新開始。

被留下的信徒

我曾不只一次死在69號師傅手裡。

她處置我的地方是個幽黯的小房間，擺了一張床和一個籃子，床的上半緣開了個洞，讓人的臉可以塞進去，籃子是用來裝換下的衣服。有時我會被帶進比較大的房間，裡面用布簾隔成幾個獨立空間，客滿時，鄰床的動態都聽得一清二楚。

「來，再補一刀！」隔壁的男師傅對女客人說，略帶挑逗的口吻。

「啊～不要啦～啊～噢～」女客人情不自禁回應著師傅，用她軟鬆鬆的身體。

我偏好單獨的房間，不會受到隔壁干擾。但無論哪種房型，整棟會館都播著淡而無味的「冥想音樂」，彷彿那種音樂能滿足多數人對天堂聲景的想像，或沒有想像——重複的低張力旋律，波瀾不興，並有點無聊。

不是沒想過自己帶音樂去放，用藍牙喇叭或乾脆戴上耳機。給69號師傅調教的過程卻讓我領悟，耳朵是按摩時最不需要被照顧到的器官。當你身體接收著師傅掌心傳過來的震波，一邊吸收它也一邊抵抗它，驚心動魄的能量循環淡化了聽覺的刺激。在這裡，所有音樂都是背景音樂。

在這裡，按摩師是我膜拜的神。

我把臉朝下，塞進馬鞍狀的小洞，兩隻手自然下垂到床的兩側，等下喊救命時拳頭會握很緊，像給牙醫洗牙那樣。「我進來囉！」師傅掀開門簾，在床頭站定，我看不到她，卻覺察到一股溫熱的氣息，逐漸靠近我的身體。

「來，你今天哪裡比較痠？」她調整鼻息，像即將大戰一場的角力選手。

「我……通通都很痠。」我上身打著赤膊，像待宰羔羊在床上扭動了幾下，準備迎接她的徒手搏擊。

師傅的手是把柔中帶剛的刀，在我皮膚表層游移，尋找合適的施力點，定位完畢就往我筋骨上一砍！但先不切進去，只是一圈一圈迂迴地試探，好像手心長了眼睛，觀察我今日身體的需求。服務表上寫明「九十分鐘全身指壓」，她有的是時間慢慢弄痛我。

原來我那麼喜歡痛的感覺。「你口味很重喔。」69號師傅立刻補了一刀！

她是一名舞者介紹的，那舞者身上沒有一絲贅肉，四肢洗鍊得像美麗的緞帶，全身線條充滿張力，是靠身體吃飯的人。認識舞者前，天知道我給多少師傅按過，那些師傅千篇一律在幾個重點部位捏一捏完事，雙手隨意劃過，並未和我的身體發生深層關係。

有一天，我脖子像打了死結，幾乎不能轉動，肩膀像磚塊硬邦邦的，老症頭又犯了……再過幾天，有個不容拖延的截稿日。我向舞者求助，問她壓力大時都給誰調養身體？她把會館住址和那神祕編號傳過來，叮嚀了一句：「別跟其他人說喔，69號現在不太接客了……」

69號？我腦中浮現出一些曖昧的畫面，我幻想她和舞者一樣美麗，會在小房間裡幫我打開眾妙之門。

喬治．歐威爾把寫書過程比喻為筋疲力竭的鬥爭，像一場伴隨痛苦疾病的漫長比賽（like a long bout with some painful illness）；十世紀的西班牙抄經者把話說得更決絕：「如果你想知道書寫是多大的負擔：它使你眼睛視茫茫、讓你彎腰駝背、腹部和肋骨受損、使腎臟疼痛不堪、全身飽受折磨。」

寫作是一把雙面刃，一字一句承載著作者的心思，反映他生活的感受，創作是自我療癒的過程——對心靈的療癒。但長時間文字勞動，代價是身體的損耗，人終日坐在書桌前，像一尊文風不動的蠟像，肌肉愈來愈緊繃，目力更是每況愈下。

除非像海明威那樣站著寫，久坐是文字工作者的宿命。有沒有逃離這種命運的可能？一位厲害的按摩師，三不五時能帶你到身體的伊甸園觀光，讓僵直的關節解放一下，而且穿著很少的衣服。

第一次給69號按，她在會館大廳等我。若不是預先知道是位女師傅，其實看不太出性別，她的樣子很中性，不高，大約一百六十公分，體格結實，壯碩的肩膀比我還寬。一頭短髮呈染劑褪色後的稻草色，夾著幾撮剛冒出的黑髮；臉部沒上任何妝，一如眼神中沒有任何訊息，只是拎著工作袋站在櫃檯邊，要換拖鞋給我穿。

「要喝水嗎？還是茶？」她的態度不殷勤，也不淡漠，一種公事公辦的專業。我對她來說，不過是另一具需要**修理**的身體而已吧。

她將這個飽受磨難的身體領上樓，要我進房換裝，「好了叫我一聲，我先去倒茶。」等她離開，我換上會館提供的短褲，轉身躺下。我從小就對身體的界線很敏感，不喜歡被陌生人觸碰，總覺得彆扭。但一個按摩師不知道碰過多少身體？也許就和銀行職員一樣，他點的不是錢，而是鈔票。

師傅推拿的是一具完全中立的身體，沒有性別、不會產生欲望，唯有如此，推拿者才能獲得探索的權限，肆無忌憚往深處去。

我躺在那，腦袋漸漸放空，69號把燈調暗。她的手先在上半身巡邏，從頸部、肩胛、脊椎到腰際，一寸一寸地量測，某種類似氣流的東西開始灌注到我毛細孔。鎖定好下手的位置，靈動的手刀幻化為雙掌——一對綿綿有力的手掌，用她渾厚的掌心和撐張的十指把我僵硬的肌肉推開。一條推過一條，像在揉一盤發燙的麵團。

她一邊推，一邊喘著氣，我發現自己也在喘氣，痠痛的部位跟著她的節奏一同顫抖。她出手精準，直攻要害，強度拿捏得剛剛好！生活中我時常分開工作的感官忽然被同步瞄準似的，噴出連通的快感。好像被餵食了什麼精神性藥物，作用蔓延到全身……

我開始流汗，一股濕氣在空間裡擴散開來，兩個身體間摩擦出熱能，從我的尾椎一路竄流到頭蓋骨。我幾乎要腦內高潮了，她突然停下來問我：「先生，這樣的力道可以嗎？」

可以，實在太可以了！這一招叫「置死地而後生」啊！69號師傅不只在幫我服務，她更享受著**控制**，剛剛在外面，從她的面相我完全看不出是這樣的狠角色。

我明白舞者的叮嚀了，給她按是福分，但師傅的信眾不宜太多，否則法力會分散，我們自私一點。

我固定兩個月去找她報到一次，不然就是下山後，身體需要進廠大修。每次遭逢，她重新測試我的尺度，甚至是恥度——我得毫無保留地把自己交給她，讓她洞悉我的弱點與痛點，才能解開埋藏在深處的傷，幫我處理掉不會自動分解的情緒垃圾。

她撫摸的不只是肉體，真正觸及的是隱匿在皮膚下的難過與累。身體很誠實，我被按到流淚，不只是因為痛覺，也因為被一個陌生人理解了，她知曉我的傷。

如此親密的關係，近乎宗教的體驗，就發生在那個小房間洋溢著神聖時刻的九十分鐘。當計時器一響：鈴！神要轉檯了，下回請早。

我穿回籃裡的衣服，帶著治療過的身體走出告解室。69號捧著一杯熱茶，在換鞋處等我。剛剛才用上帝之手赦免過我，深入我所有的細節，此時兩人已生疏到不行，尷尬地找話講。她幾歲、住哪裡、叫什麼名字，我從不過問，只偶爾會聽她聊起幹這行的辛苦，她說自己常做到腰痠背痛，再按也按不了幾年。

最近一次去找她，同事說69號不做了，沒有交代原因。我失落地站在教堂門口，不知如何是好。本來要轉身離開，還是決定找個師傅來按一按。結果是個男的，看似孔武有力，把我帶進房間，沒多久我就躺在床上睡著了……無聊到睡著。

我試圖喚醒那種奇妙的經驗，被她撫觸著頭、頸、肩、背、腰、屁股和手腳的感覺。曾經有個師傅，把我全身上下都按成了性器官。

我想念著她的手。

聽力測驗

那一年從K2基地營回來後，我的左耳開始出現嗡嗡的鳴響。起先我不以為意，覺得是海拔問題。

大氣壓力隨著海拔下降，帶上山的洋芋片整包變得鼓鼓的膨脹起來，或人在山上比較容易打嗝、放屁，都是壓力的變化所致。我在五千公尺的高度生活了一個月，重回平地身體產生一些異狀，想想也滿合理。

那是很細微的聲音，好像有電磁波在耳道裡流動，發出「嘶嘶」的聲響。初期我感覺它有週期，會因為前一天的睡眠時間、疲勞程度和壓力大小（這裡指心理的壓力）而受影響，也試過連續幾天都不聽音樂，減少耳朵的用量。

和它相處過一段時日，漸漸的我發覺，那聲音全然是隨機的，和心情與作息並不直接相關。有時它斷斷續續像停不下來的毛毛雨，有時又小聲到幾乎聽不見，像沸騰過後在瓦斯爐上漸漸平息的熱水壺。

困擾嗎？我到社區的診所求助，耳鼻喉科醫師邊用頭燈照著我的耳洞邊問我。一時我不知該如何回答。困擾我的倒不是聲音本身，那細瑣的聲響在絕大多數日常情境中會被環境音覆蓋過去，不特別去注意它，其實它就不存在——反而是這點比較困擾我，那種狡猾與不可預測性。

「耳鳴沒有確切的成因。」醫師用鑷子替我取出幾塊陳年耳屎，繼續說道：「你應該是耳神經發炎，我先開些促進血液循環、恢復神經活性的藥給你吃，你暫時先別抽菸喝酒，咖啡和甜食也少碰，還有，避免噪音！」

離開診間前他又問我：「平常會突然暈眩嗎？」我搖了搖頭，但不好意思跟他說我是酒吧ＤＪ，你要我避開的東西一週至少會經歷一次。

幾個月過去，在冰河上龜裂的嘴唇重新癒合了，曬黑的皮膚逐漸恢復原色，髖骨兩側也不再痠疼，唯獨耳內的聲音不曾止息。它時有時無，像天氣一樣無法掌握，雖然音量不大，安靜時會注意到它。

某個深夜，我窩在家裡重看《鬥陣俱樂部》，主角說：「每次打架後，周圍的一切聲音就會減弱，什麼事情都迎刃而解。」是啊！我真想和那個看不見的對手好好打幾場架，教訓它躲在暗處遙控我耳內音量的大小，算什麼英雄好漢？

聲音是一種物理現象，聲波透過空氣的振動傳導到人的雙耳，由主宰我們感官的大腦進行判讀。大聲，小聲，都是很主觀的，必須與「記憶中」的音量比較而來。音量也有客觀標準，就是分貝，即聲音的**強度**，可由分貝儀來測定，不過這是聲音發生於外在環境的狀況下。

倘若聲音源自體內呢？如何用分貝儀量測我耳內的聲音？更微妙的問題是：會不會聲音不只是一種物理現象，也關乎心理層面的感知，甚至會和精神共振？

《靜寂的鼓手》片中那長期暴露在殘暴音量下的鼓手，因為急性失聰去求診，醫師告訴他，左右耳聽力都只剩百分之二十。鼓手為了再次聽見世界，重拾玩團生涯，把巡演的露營車賣了，籌了一大筆錢去做人工耳蝸手術。

當他的聽覺被「重啟」後，對於重新聽見的破碎、失真，彷彿從遠山後方傳來的無線電波大失所望。醫師安撫他說：「這不是你記憶中的聲音，是你腦中的植入器，讓你的腦袋以為你聽得到。實際上，你的耳朵還是聽不見。」

人腦掌管記憶和五感，人的感覺實質上是大腦的延伸。如果將失聰者的聽覺想像成無聲的觸摸，當他用眼睛環視周遭，世界就在心底齊鳴。

失去的聽力無法挽回，是音樂工作者知曉的金科玉律，某種程度上也是他們必須付出的代價。披頭四的保羅．麥卡尼，生涯晚期得戴助聽器上台；曾任 Nirvana 鼓手的 Foo Fighters 主唱戴夫．格羅爾，受訪時坦承自己在嘈雜的晚宴現場完全聽不清楚鄰座的人在對他講什麼。

「但一進到錄音室……」在樂壇打滾三十多年的戴夫眉飛色舞地說：「我能聽見每一項樂器精妙的細節，聽見音樂中最幽微的頻率。」

我不是樂手，但天知道我這輩子聽了多長時數的音樂？從國小開始沒事就戴著耳機聽流行音樂，大學打工把一對幾百塊的耳機升級到數千元，一路從陽春的耳塞式耳機替換成耳掛式再進階到耳罩式最終臣服於耳道式之聲臨其境。

一旦戴上它，就沉浸到與世隔絕的情境中；音樂隔開外界的一切，愈大的音量，愈能阻擋世界干擾我的企圖。

「你開小聲點啊！我在門口都聽到了。」我叛逆的高中階段，老爸不只一次經過房門時苦口婆心地勸告我。

聲音的來源不單是耳機，還有床頭收音機、卡帶Boombox、車上音響、電視喇叭和後來出現的藍牙揚聲器，更多的是充斥在生活中各種刺耳的噪音。人耳就像海綿，無時無刻吸收著不間斷的聲響，人能閉目養神，卻無法讓耳朵真正休息——聽覺是關不掉的感官。

我第一次覺察耳朵受損，是二十多歲在紐約讀研究所的時候。短短幾年間看了上百場震耳欲聾的搖滾演唱會，總是站在舞台前面能清楚看見樂手表情的位置，讓場館內的喇叭用超高音量轟炸我的雙耳。

那種感覺**很爽**，活在音樂裡的感覺很爽。

作家弗蘭．利波維茲曾經說過：「音樂能讓人快樂，而且對人無害，這是很特別的。大部分讓你覺得更舒服的東西都是有害的——音樂就像一種不會殺死你的藥。」弗蘭顯然沒顧慮到音量的問題。

疼痛的左耳，讓我從紐約回台灣過暑假時去做了聽力測驗。「結果一切正常。」報告單上這麼寫著。從此，我更小心照顧雙耳，去看演唱會甚至環繞音場太好的好萊塢娛樂片都會戴上耳塞。如此相安無事了十多年，這次的鳴響又把我帶回聽力檢查室，社區的耳鼻喉醫師建議我去大醫院做個檢測，比較安心。

我當然在網路上google過一輪了，從腦瘤到高血壓，可能的成因嚇都嚇死你。

聽力師徹底幫我做了好幾輪檢查：內耳毛細胞、聽反射、聽性腦幹反應。每次我被帶進一個小房間，戴上耳機，透過一扇密閉窗與她對望。有時她帶我登陸真空的月球，耳邊一陣陣傳來低頻的波動；有時她帶我闖入後搖滾樂團謝幕後的現場，迷離的殘響擴散在知覺兩端。

她並未消滅我耳內的聲音，檢測不具醫療效果，但是待在那個小房間傾聽各種聲音頻譜的時間內，我漸漸意識到聲音這種感官經驗，也是某種自我的投射，耳鳴的消失與存在，取決於你接納了多少當下的自己。我們都只聽見自己想聽的。

最後一次檢查結束，我去診間拿報告。那天天氣晴好，我坐在駛離院區的接駁車上，耳內隱約響著全世界只有我聽得到的聲音。醫生在檢測單寫下「聽力正常」四個字，但我耳內的悄悄絮語仍未停止。

帶我認識台北城的人

我和史奇普相遇於政大總圖前的墮落階，時間是一九九七年秋天，一個微涼的夜晚。他用學壞的霹靂舞動作滑過我身旁——確實是用滑的，冷不防丟來一句：「喂！你就是那個什麼，破……破拉普嗎？」

我還來不及搭話，他像陀螺轉了個身，在地上左踩右踩，一溜煙竄入總圖旁那條迂迴的環山道，留下兩條長長的輪印。

他的輪印是綠色的，像史萊姆那種油亮的螢光綠，這是史奇普給我的第一個印象。而在校警眼中，輪印是犯罪的證明，校方雖未明訂校園內不能溜直排輪，也沒有說可以。總圖前的活動遊走在灰色地帶，一如我們這幫人之間說不清楚的關係——網友？同好？革命夥伴？或只是飯後閒閒沒事幹的大學生。

這幫人的關係，源起於政大ＢＢＳ站「貓空行館」一個叫 NCCU Inline Skating 的看板。

那是香港回歸、黛妃香消玉殞的夏天，大考中心寄來一張單子，上頭印著政大民族系，一個我高中時完全不曉得它存在的科系。身為好奇的新鮮人，我在鍵盤敲下140.119.164.150這串神祕代碼，登錄到「貓空行館」，想預先窺探大學生活的網路面貌。東逛西探後，在一個角落發現了直排輪板。

我對直排輪本來一點興趣都沒有，板上的人卻把它討論成當年最酷的運動。我以pulp為ＩＤ發了幾篇文：如何挑第一雙輪鞋？學校附近可有練習的場地？這些入門者會有的疑問。各種熱心回覆中，一個叫skip的傢伙總天馬行空亂回一通，如何挑鞋他回成台北浪遊指南，哪邊練習他歪樓成木柵最頂的小吃在哪。

再過一個月我就要從台南拖行李北上了，坐在家中的電腦前，對出沒在黑漆螢幕裡的ＩＤ充滿了種種猜想。每個代號背後究竟藏著何許人？性別、科系、長什麼樣子？尤其上線時總是形跡可疑的skip。

總圖前那場初遇後，下回見到他是另一次板聚。直排輪板的聚會，理所當然是相約去「溜冰」，雖然實際是溜在路面上，板上仍習慣稱溜冰，是從前冰宮文化留下的說法。圖書館的樓梯為何有墮落階的別稱，入夜後去晃一晃就一目瞭然，熱戀中的情侶在階梯上卿卿我我如入無人之境，又無處推進到下一壘。

慾火無處宣洩的情侶，看世界更不順眼。校警接獲大量投訴，說有幫人每晚都踩著直排輪在校園內興風作浪，他們的輪子在地面摩擦出難以忍受的噪音，突然加速或變向威脅著過路人的安危。有一點是所有告狀信和抱怨電話都沒提到，卻千真萬確教他們感到害怕的：這群人太不受拘束了，自由得不像 NCCU 的學生。

這個小團體成為校方的眼中釘，是校警用哨聲驅趕的對象，只能等圖書館關門，很深很深的夜，再偷偷摸摸從四面八方溜出來集合。凝視過深夜的城市嗎？一片魔幻的濾鏡套在平常熟悉的風景上，無聊的日常都有變成電影的可能。隨著聚會時間愈延愈晚，冒出來的也愈來愈像武俠小說裡的人物。

有個蓄鬍、留長髮的校外人士叫〇〇七，在景美開了間輪鞋專賣店，他對蛇板也很在行，移動時左搖右晃像個醉仙，平日的副業是清潔隊員，就滑著蛇板跟垃圾車在街頭巷尾收垃圾。一個叫小豬的不知道延畢幾年只因不想當兵的研究生，輪藝高超，可以直接從山上的男生宿舍以亡命的速度一路溜下來！腰間掛的 Walkman 吼著齜牙咧嘴的黑死金屬。

從暗處蹦出的還有螃蟹、鯊魚、母鴨、狐狸（清一色動物系綽號），有從華梵和台大騎機車過來，換上輪鞋一同切磋技藝的外校盟友。政大總圖前愈夜愈美麗，愈晚愈熱鬧，儼然是北台灣直排輪運動的灘頭堡。而史奇普會穿著另一件花花綠綠的T恤和鬆鬆的 Levi's 喇叭褲，幽靈般從眾人間飄過來又飄過去。他總在邊緣繞圈子，當個精明的旁觀者。

有時他會把我拉到側門的台階旁，示範他的獨門絕技「殭屍下樓」。「喏！你就身體重心壓低，頭朝前，這樣叩叩叩就下來啦！」

他身材瘦高，長得白白淨淨，舉手投足卻有滑稽的喜感。在他叨叨絮絮的陳詞中，我辨識出一種魅力：你隱隱覺察這個人比其他同齡人都見識過更多。史奇普是從一所工專轉學過來讀哲學系的，大我兩屆，或許他從我身上辨識出一些特質——我倆讀的科系都冷門到不行，而且一心熱愛次文化。

他像熟門熟路的領航員，帶我逛東區巷仔內的唱片行，去西門町需要通關密語的地下室撿過季的 Nike。週末時幫我導遊中山北路七段每一家天母名店，並拍胸脯保證，公館哪一間書攤最便宜。對我來說，他就是台北。

而他身邊來來去去的小芭樂、小葡萄、小柳丁（清一色水果系綽號）的女友之外，扯淡間，我模模糊糊得知更多他的背景：家裡是做藥品貿易的，多有錢不好說。有位近親是政府大員，官位多高不方便透露。某影視紅星是他固定的牌咖，牌技如何不宜評論。

他習慣以事不關己的口吻，某種近乎戲謔的口吻，講述發生在周遭各種光怪陸離的經驗。似乎必須用第三人稱的角度和真實的自己拉開一段距離，才有辦法跳轉回人生劇場中，去過他的生活。天曉得那是怎樣的生活。

大二我轉到廣電系，直排輪板也成立社團，與校方達成協議，規劃出活動時段與地點，甚至還創建曲棍球隊。社團意味著組織章程、社員大會那些玩意兒，對史奇普那輩草創年代的老江湖未免太制式了。他以耆老的身分如皇帝與蚩尤，被載入直排輪社的「史前」記事，偶遇重大活動如新年溜街（元旦從政大校門一路溜到總統府前），再出來嚇嚇新入社的學弟妹。

人在國外那些年，我得知他在台灣結了婚，回國後我們重啟聯絡，大約兩年一次，他和幾個老社員會到我的頂樓抬槓，重聊一遍直排輪板的風雲史。畢業後沒人再溜冰了，屬於「大學社團」的那個回憶箱，安放著最單純的友誼。

菸酒間，史奇普會鬼鬼祟祟從全身上下的口袋掏出不同的手機，感覺很忙地喬一些事情。他說自己在外**走跳**，事業做很大。我們半信半疑，就當都市傳說來聽。

每次告辭他會留些莫名其妙的東西在桌上，什麼Snoop Dogg聯名款電子菸斗啦、乖乖口味的菸草啦，而我明明是個無癮之人。見我不識貨，他嘟起嘴，敲著手心說：「噢！破拉普，你不知道這些東西市價多少覅？」

直到有一回，我們幾個聽眾赫然明白他說的不正經故事全都是真的，而且愈來愈離奇。他坐在我和室的客桌旁，抽著奶茶口味的菸，娓娓道出條子從去年開始跟監他，前些時日破門而入把他押到警察局的事。

「有上社會新聞喔！你們可以去google。」這麼大條的代誌，他講起來仍一派雲淡風輕，彷彿只是生命中的一段插曲。

那晚不知什麼預感，我決定送他們下樓，陪史奇普去叫車。他依然清瘦，卻也拖著一個疲累的中年背影，每週都會按時載小孩去學琴，再把他們接回家。曾經意氣風發的大學生，有一天也要面對家庭責任。

二〇二一年深秋一個尋常的夜間，我和他的共同友人，一位小學校長忽然打電話給我。校長是我當年民族系的學伴，北一女畢業的，我大一都在跟直排輪那幫人鬼混，無心課業，考前會從男生宿舍打電話給她，請她幫忙惡補。

我們少說二十年沒講過話了，但我聽史奇普說過，他小孩去讀了她服務的國小。電話那頭，校長語氣顫抖，說有件很嚴重的事要跟我說，「他很常提到你，我希望你是從我這邊知道的，不是電視新聞上……」

接下來一週，這則消息震驚了疫情中封閉的海島：

四十五歲何姓男子，上午開車送子女上學後返回新店住所，遭不明人士行刑式槍擊，中槍後傷重不治。警方調查發現，何男從事咖啡豆進出口貿易，有製毒等前科，正擴大偵辦中。槍手潛逃至對岸防疫旅館遭中國公安拘捕，預計隔離居滿後遣送回台。

獵奇的媒體賦予他不同的稱號，什麼「台版絕命毒師」、「新店好爸爸」、「藥學專家」。但之於我，他是二十多年以前教過我殭屍下樓，帶我認識台北城的人。他是我珍貴的朋友。

告別式那天，城裡下了短暫的太陽雨，拈香的時間很早，我睜著睡眼趕到靈堂。那麼傳奇的一生，如此驚天動地的死法，到頭來不過是簡樸禮廳裡一個租賃的時段。我望著花束中的遺照，回想從前他在車上播過的 Green Day 歌曲，靈堂內湧現了一圈螢光綠色，只有我看見的顏色。

來參加的還有幾個當年的板友，都多年不見了，我依稀還記得每個人的ＩＤ。步行到第二殯儀館門口，眾人異口同聲說盡快約個聚會吧，不要再於這種場合相見了。

一旁的辛亥隧道塞滿上班時段的車流，大學時我們從木柵溜街到市區，必經的辛亥隧道是最刺激的一段。如今，我腳下猶能感受到輪子在柏油上的震動，而史奇普悄悄從我身旁掠過，滑向他蒼茫的未來。

高地

THE PASSAGE OF YOUTH

還願行

雲峰　三五六四公尺

池上火車站門口正對著一條中正路，路的盡頭躺著一片晶亮的田野。沿中正路往前走會遇到中山路，小小一塊街區，開著琳瑯滿目的池上飯包與協力車出租店，告訴來客這是小鎮裡最有產值的兩種行業。

池上人口不過八千多，中正路和中山路——這兩條台灣每個鄉鎮都有的「主街」上，散落著維繫鎮民生活的商家。瓦斯行、五金店、賣雞蛋的、藥局、理容院，一個種類池上好像就這麼一家。

飯包店除外，那是做觀光客生意的，火車站前開了一堆。我嚐過三家，奇怪的是都不如台北的「池上便當」好吃。

池上我來過幾次，都是為了爬山，爬一條叫南二段的路線。南二段是中央山脈南側的一條稜脊，山勢和緩，是長天數縱走的入門，起點在向陽森林遊樂區，從池上搭接駁車過去，行經南橫公路約一個半鐘頭車程。

登山，光是抵達登山口都要神明護佑。南橫地基鬆動，邊坡好發落石，養護工人常得開著小山貓把崩落的土石清開。加上諸多管制路段，車程往往比預計的要久。

我們從台北搭過來的普悠瑪號，途中經過前陣子發生意外的太魯閣號出軌地點，隧道仍未搶通，列車在靠海的另一條軌道上單向行駛。下車後我問同行的隊友詹哥，行經隧道時心裡有沒有特別的反應？他帶著慣常的笑容站在月台上，推推圓框眼鏡說，當時應該睡著了吧。

每次我來池上都是和他一起，前兩次大隊出行，這回就我倆為伴。我們第一次南二段縱走只走了一天，第二天就被大雨逼退，只能摸摸鼻子下山。幾年後再接再厲選擇東埔到向陽的「逆行」方式，又因天氣漏了一座有美麗名字的山——雲峰。

縱走因為天數長，加大了變數發生的可能——變幻莫測的天氣，隊員體能出了狀況，甚至掉鞋底都是常見的事。安排好的行程，東漏一座山、西漏一座山也不算罕見。有心人會專程回去「補考」，而此行也是詹哥的「聽牌」之旅，雲峰將是他第九十九座百岳！

至於我，也有一個私人的任務：要去嘉明湖山屋還願。

民宿派車到車站門口接我們，開車的是老闆娘兒子，一個苦幹實幹的地方青年，皮膚呈深咖啡色，像健康的樹幹。車子沿鐵軌開上一條捷徑，很快就被綠意包圍，明晨才要動身，check-in 後全是自由活動的時間。

詹哥從旅行袋掏出筆電，說下午要在房內趕稿。我不只一次看他上山前寫到最後一刻了，我問他這回寫什麼，他說要幫《安娜普納南壁》寫一篇導讀。我心裡漾起一股奇妙的感覺，那座雄偉的世界第十高峰，我們的朋友此刻正攀越著危險的雪原。

我放好裝備下樓，老闆娘兒子正在客廳烘咖啡豆，分裝成掛耳包賣給入住的山友。台灣很多地方若不是登山的緣故，我大概不會有機會經過，雖然停留都很短暫，也許在某個部落買乾貨帶上山，或在小鎮的雜貨店啃一顆燒肉粽。這個無所事事的午後，有空閒在池上晃遊是很難得的。

跨上民宿的單車，我騎入綠油油的稻田，飽含水氣的谷風吹過頸間，筆直的道路兩側是一片綠色海洋，稻穗隨風搖曳，拍打出柔和的波浪。遊客的協力車像海面的浮游生物，到處漂呀漂的。此地也有珊瑚，是一株以金城武為名的樹，黃昏前我騎到樹邊，思索著要經哪一條河道游回鎮上。

池上，這座水族箱就要暗下了，魚睡覺時不閉眼睛。

隔天我們到平原的早市用燒餅豆漿，詹哥已將稿子寄出，整個人神清氣爽。乍現的日光裡，我們被載往迴旋的深山公路，沿著新武呂溪越野，探過下馬、鹿霧、利稻等小村，在快暈車前抵達管理處門口。管理員認養的狗在地上伸著懶腰，眼鏡蛇比上次來又大了一截，躲在涵洞裡休眠。

這次行程不趕，今日慢走到嘉明湖山屋，明天推進至拉庫音溪底山屋，後天大半夜出發，單日往返雲峰。詹哥背了一顆三十五公升的背包，穿健走鞋跟在我身後，他說近年體能下滑，穿健走鞋比登山靴省力。帶小顆的背包是自己快背不動了，要我擔待些，多背點公裝公糧。

兩人在向陽山屋停下來用午餐，我把清早買的飯糰拿出來吃，配發泡錠飲料。山屋外能聽見溪水的聲音，溫度隨海拔降低了，詹哥把帽子拿下，邊擦汗邊啃手中的麵包。從前他在刀光劍影的職場拚搏，高壓環境下養出一身慢性病；五十歲後人生重新開機，走進天寬地闊的山域，身體愈來愈強健。

年底他要滿六十歲了，希望能在今年順利完成百岳。他是當初帶我爬山的人，我回想這些年和他在山林共度的時光，好多難忘的時光。有幾次看他走得很辛苦，似乎快走不動了，他總能咬緊牙關，把自己撐到下一個營地。一覺過後，又帶著同樣的笑容，與被自然重新充飽的意志，歡喜地走向下一段山路。

我想著，詹哥的一百座山裡，有多少也有我的影蹤？

我倆低頭鑽出森林，路徑接上向陽山腰的稜線，溫暖的石頭在晴天下輝閃，像一袋銀色隕石。朋友元植已在嘉明湖山屋等待我們到來，他從Ｋ２峰歸來後，有空就回山屋值班，我和詹哥選在他當班的日子來訪。

幾年前，改變我們生命的 K2 Project 募資案就在嘉明湖山屋的管理員室誕生。那是南二段逆行的最後一夜，詹哥在管理員室聽元植說打算和全人中學的學長阿果，結伴攀登世界第二高峰Ｋ２！他拍胸脯允諾，要幫兩人籌募資金。

那晚是我第一次見到元植，我靠在管理員的床頭，喝他倒給我的熱茶，壓根沒想到——或根本不敢去想，那座遠在喀喇崑崙的懾人大山，會和我發生關係。即使最膽大包天的編劇，都不敢寫這樣的情節吧！

劇組中，導演的權力又比編劇大一點，詹哥身為募資案的總舵手，把隨隊報導者那個重要角色分派給我。我帶著未知的劇本，跟隨元植、阿果遠征巴基斯坦，回國後把他們攻頂失敗的故事寫成一本書。那本書，此行就在我的背包裡。

我跟元植借了枝筆，在扉頁寫下：「**K2之路，從這裡開始。**」

多年後舊地重遊，眾人的心境都不同了。管理員室略有更動的格局，擺放著高山工作者生活的必需：暖爐、無線電、收音機、炊具、醫藥箱，以及不同濃度的酒精飲料。元植接過書，把它塞入床鋪上全台海拔最高的書架。它不會跟我下山了，一種有始有終的感覺。

山屋所在的三四〇〇公尺對我並不算太高，三人夜談到一半我忽然頭一緊，像有一把鉗子夾住了太陽穴，甩都甩不掉。上次遭遇這樣的症狀是在K2基地營，本來沒事的身體突然就不是自己的，想吐卻吐不出來，怎麼睡都睡不飽。

難道昨夜我也跟魚一樣，睡覺沒閉眼睛嗎？還是這陣子工作壓力太大了？高山症的成因很多，卻很難建立確切的因果。我靠著床頭，吃力地撐開眼皮，元植在我身旁燒著熱水。上回進到這個房間還很陌生的青年，如今和我經歷過一段難言的旅程。很多感受只有我們能懂，文字試圖捕捉，也不一定能交代出最核心的經驗。

讀者讀到了多少，就有同樣的多少無法被描述出來。書，是揣摩的藝術。

此刻我揣摩K2的心思，它正隔空施法，用這麼霸道的方式在跟我打招呼嗎？要喚起我身體的不舒服，記得平安歸來的不容易？頭殼愈來愈沉了，我半夢半醒，聽著元植聊阿果的安娜普納峰遠征，彷彿安排好似的，他預計的攻頂日就在我們走向雲峰的那天。

真是兄弟爬山，各自努力！

我好好睡了一覺，醒來後高山症不藥而癒，詹哥已整裝完畢，迫不及待準備出發了！他腳程較慢，往拉庫音溪的方向先行；我在岔路口取道向東，去看一眼嘉明湖，再切回南二段的正路追他。天使的淚珠，人們如此稱呼那座湛藍的高山湖泊。

我向下切過草原，在湖畔濕軟的沙地上走了一圈。湖心的範圍因乾旱縮小了，天使最近比較不傷悲。

如果雪山的翠池是最美的營地，拉庫音溪底山屋便有最像天堂的背景。空靈的樹身成為水中的倒影，谷地像一座倒過來的城堡，白雲在頭上飄過，遠方是無邊無際的天。

山屋只有我們兩人，下午坐在門前望著山影，不用趕稿，也不用找話說，就靜靜享受彼此的陪伴。

養精蓄銳了一夜，我倆點亮頭燈摸著早黑，花了十二小時來回那座雲裡的山。走在熟悉的山徑上，我想念起當年的隊友們，不知道還有多少人也會回來補考。

返回山屋有大隊人馬進駐，安靜的時光結束了……詹哥被山友認出來，簇擁著合照。我全身脫光跳進一個深潭洗澡，和鐵杉林袒裎相見。隔天下山，老闆娘派另個兒子接我們回池上，我在南橫打開手機，看見元植傳來的捷報：**阿果無氧攀上安娜普納峰**，又是一次台灣首登！

我心中一陣激動，感念眾人的命運被聯繫在一起。回民宿沖過澡，兩人騎單車到中山路吃麵，再到新開張的咖啡店坐坐。我們都很喜歡池上的夜晚，簡單得讓人安心。我在月台幫詹哥拍了張紀念照，當初南二段撤退也是來到這裡。我倆分坐不同的車廂，他回台北，我到花蓮過夜，明天還有一場新書的活動。

再見在上車前就說了。不知道什麼時候，還能這樣兩個人爬山。

一個人的山

志佳陽大山　三二四五公尺

這間民宿蓋在南湖溪畔，一座高起的丘陵上。通往它的石礫路很陡，應該是這陣子才拓好的，我坐在副駕駛的位置，重心隨著車身微微向後傾。

開車的人是阿杰，和我同年出生的登山朋友，他在台中一家戶外用品店工作，已經做到主管了，對各種戶外活動還是樂此不疲，近年愛上釣魚。傍晚我們停靠在宜蘭員山吃了頓鵝肉，隔壁有一桌在開慶功宴的山友，每個人的臉都被紫外線照得紅撲撲的，一看就是剛下山的人。

阿杰一邊剝蝦殼（這裡也賣海產），一邊滔滔不絕分享他的釣魚經——抓大放小，太瘦的不釣。每當不用顧店或帶隊上山的日子，他一人開車載著釣具，在台灣的水脈間穿梭，找下一條涉入的溪。釣魚是何其孤獨，屬於中年男子的活動啊？

登山或許也是吧？心性浮動的年輕人，大概不會有上山找罪受的念頭。如果我早十年爬山，不知道會不會一路行下去。

阿杰趁春天來南湖溪釣香魚，得知我要去攀志佳陽大山，把我從台北接過來。他嘴巴說「順道」，其實依然繞了點路，這是山友間的革命情感。志佳陽大山隸屬雪山山脈，登山口在環山部落過大甲溪的低處，從民宿沿台7甲線開過去，南湖溪和大甲溪像左右護法把山路夾在中間。

我們是當晚唯二的住客，民宿主人和他的朋友在樹下歡唱卡拉ＯＫ配高山烏龍茶到很晚。我洗澡時盤算著如何用**最禮貌**的說法請他們別再唱了，就在吹頭髮時，山裡的歌聲驟然終止，結束在〈掌聲響起〉。我心裡也鼓起掌來。

早餐時間訂在五點，標準的稀飯、花生、醬瓜、麵筋的「登山式早餐」。車開到登山口，阿杰下車陪我走了一小段，幫我在四季蘭溪吊橋前拍了張照。我和他握握手，接下來一天就沒有隊友了，如果一切按照計畫，明天下午才會和另一夥人碰頭。

何止沒有隊友，在我背著重裝登頂的六個多鐘頭裡，根本看不到其他幾個人。途中只遇見兩支人少的隊伍，從山頂的方向下來，和我交錯時都不約而同地說：「哦！你獨攀呀？」

獨攀只是比較帥的說法，其實就是「一個人爬山」。台灣出於民風與某種社會習慣，這是一件不太被鼓勵的事。

幾年前我曾有「逆攀」志佳陽的機會，當時和一支登山隊打算從雪山主峰沿著險峻的東南稜脈下切到連結志佳陽大山的山壁。登頂雪主後，一個威風凜凜的氣旋忽然遮蔽半片天空，瞬間風雨同至。嚮導下去探路，不一會兒便從黑幕後方翻了回來，像演員爬出災難片的銀幕，搖搖頭說：「撤退吧！」

我心有不甘，挨著大風探到岔路口。那條陡到不行、視覺上幾乎成直角的下切路，被一團陰森的霧氣籠罩著，像極了通往靈界的入口……暫別了！志佳陽，我身上每個細胞都同意撤退的決定。

志佳陽大山是公認的「單攻聖品」，是鍛鍊腳力的好所在，我遇到的下山客都一身輕裝，天亮前就出發了。如果當年順利走完「雪山下志佳陽」的行程，此刻不會在這塊巨大的地壘上穿行。我把一大口氣深深吸到肺裡，配合跨步的節奏，再緩緩將它吐出來，就在身體運作到最順暢的時刻，整個人化約成一口氣，隨著心臟的律動而舒張。

一旦進到忘我的片刻，肩上的背包消失了！我彷彿赤身一人，穿過中海拔的松林，踏著路幅寬廣的山徑，抵達雪山山莊舊址營地，我第一夜的住宿點。

時間不到下午四點，幾條森林小徑包圍著這片霧林，而「舊址」已無任何遺跡，不過是一片鋪滿針葉的草地。我在巨岩的注視下搭好帳篷，換上拖鞋，鑽進旺盛的箭竹林去水源處取水。青藍色的天光漸漸黯淡下來，今晚應該不會有其他人了——嗨！一個人的山。

我把取回來的水倒進鈦杯，點燃瓦斯，悶煮著干貝口味的乾燥飯。這次還帶了皮蛋和乾燥蔬菜上來，想在重複的餐食中增添一點變化。爬山第八年了，這是我第一次獨自在營地過夜，沒有隊友的鼾聲、鄰隊的聊天聲，沒有其他人的一丁點氣息。

月光映照下的森林，就只有自己。我躺在帳篷裡聽音樂，營燈幽微閃亮，長夜和地心一樣深，山谷中隱隱有一股沉默的騷動。我與山更加親近了。

隔天幾隻山雀喚醒了我，我還享受著高海拔賴床的快感呢！獨攀，不用集合，不用等人，不用出發前不好意思跟領隊說想上廁所，所有的時間與判斷都是自己決定。

從志佳陽上雪主從前是登雪山的舊路，才會有當年的雪山山莊。如今從七卡山莊經雪山東峰登頂雪主，已成既定路線，舊的路因為山勢陡、爬升高，走的人自然就少了。

而一條少人走的路，漸漸會被自然復原成原來的樣子，宛如有保護色的昆蟲隱身在地景中。行路者必須用手去撥、用腳去踩、用眼睛去看，把整個身體都當成探測器。

有時，情急之下或無路可去時，還得用猜的！

手機裡預先下載的離線地圖對應的若是常有人跡的熱門路線，照著走不會出錯。但深入荒蕪的山徑，航跡只能當參考，一味照走反而會涉入險境，因為山是活的，自然是有機的，植物和岩石構成無數種排列組合。GPX標示出大方向，細碎的腳下路仍得自行在現地發掘出來。

我沿著一條乾溪溝，手腳並用貼著鬆動的危岩，從一個疊石處移動到溪床上另一堆疊石。碰到跨不過去的高低差，便切入旁邊的森林，彎身尋找下一條綁帶。這樣在溪溝與森林間來回往返，一個多鐘頭後，停在一個不太穩定的土溝前，頂端有一根綁在樹幹上的繩子垂降下來，我試拉了幾下，確認穩固，開始拉繩上攀。

一邊把自己往高處拉，鞋底的土塊卻不停向下鬆落，腳下的「摩擦力」會讓人感到安全，一旦它迅速流失，體內會揚起一種慌張的感覺——像半懸在空中，地心引力不斷把我向下扯！

我們的祖先想必很懼高吧？這是人類繼承下來的求生警告。我額頭上的汗珠流進眼睛，忍著搔刺感向上看，土溝上的那棵樹已被拉得岌岌可危，這時背包又在肩膀上出現了，而且該死的比印象中重了五倍！我使盡全身力氣把自己撐到溝的頂部，左手搆住樹幹，在不斷踩崩的斜面上翻到一顆大岩石上。

呼！得救了……我覺得自己像什麼動作片的英雄，可惜這裡沒有觀眾。回望那條深溝，仍有幾顆石頭風塵僕僕地向下滾。

渡過這道屏障，直到主峰前是陡峭的石瀑，我用一對登山杖頂住自己，左一步、右一步，在滑動的石塊上踩踏。寒冽的空氣中，我並非在岩壁上獨處，這片龐大的山牆橫躺著一望無際的白木林，是火焚後的玉山圓柏純林，露出一軀軀白色木身，糾結成一萬種蕭瑟的姿態。

玉山圓柏是台灣海拔最高的樹木，可塑性很高，若生長在強風吹襲帶，會呈匍匐低矮的模樣，軀幹和枝條如同被「上帝之手」捲過，展現曲折的造型。這整片白林在焚燒前就被雕塑好了，火的熱力冷卻成蒼涼的景觀，樹語無聲。

山頂愈來愈迫近了，我的核心湧出一股熱能，奮力翻了上去！眼前是一塊平坦的

腹地，山下春暖花開，頂峰猶有殘雪，針葉的樹梢結成冰棒，像一個個冷凍過的手掌。這是我第三次上到主峰，卻是第一次在冰雪中。峰頂像個轉運站，輻射出六條稜脈，赫赫有名的「雪山六路會師」就在此過場。

雪山群峰可以變化出幾十種走法，無論起點或終點，主峰都是旅程的中樞。我靠在**台灣第二高峰**的石碑旁，給登山鞋打上冰爪，然後發訊息給另一夥人，跟他們說我翻上雪主了，晚點翠池見！

簡易冰爪足以應付軟軟的鬆雪，我踩著積雪緩步下行，把重心壓在兩腿之間，不讓身體偏移路跡的中線。雪在稜線的岔路口前融光，此地是個風口，我頂著強風把冰爪塞回背包，碗狀的圈谷像個陰陽標誌——黑岩上灑落著點點白雪，一幅素淨的構圖。

碎石坡向來是我不太擅長的地形，走起來總是跌跌撞撞。卸下冰爪後，再難的地形至少都能腳踏實地，我一路下切通過了碎石坡，中午前在池畔的巨木下攤開帳篷，準備紮營。

翠池海拔三五二〇公尺，是台灣最高的天然湖泊，也是我心中最美的營地。四周靈氣湧動，彷彿駐紮在一座綠色的仙境。這裡也有一大片玉山圓柏純林——是活生生的，由於生長在避風的谷地，比稜線上的同胞們更加挺拔、姿態更高聳，呈現出林木參天的景緻。

這種優雅的喬木看護著明鏡般的翠池，好神的設計！我在兩株蒼勁的大樹間搭起帳篷，煮完泡麵就鑽進去休息。淺眠中聽見外帳表布發出「啪啪啪」的聲音，山谷下起了冰霰，一顆顆打在樹冠層再往下落。這時有人聲從山溝的方位傳來，感覺離我愈來愈近，莫非是我的新隊友們？

率先從林間探出頭的是懷晨，多年前我去走南二段，與他在南橫邊的民宿初遇。懷晨是詩人、衝浪者，也是大學教授，他說要帶三個朋友去雪山西稜縱走，討論後我們決定兵分二路：我從志佳陽出發，他們從圈谷的傳統路線推進，會合後一同走完雪山西稜，那還要好幾天的時間。

上山前我並未多問那三人的背景，心想，懷晨的朋友一定和我合拍。果不其然，他們是一對住在台南和我年齡相近的夫妻，與一名在墾丁開咖啡廳的衝浪客。嗨！眾人互相打了招呼，人生初相見是在翠池邊，是多美麗的緣分。

他們紮營時我走進更深的密林，一股古老的能量環繞著我。霧雨中走回營地，他們已在樹下煮了一大鍋羊肉爐，吆喝我說：「來吃呀！都是一隊的，別客氣。」

我想著自己背包裡那些乾乾癟癟的輕量化食物，他們卻不辭辛勞，把鍋碗瓢盆和各種調味料、新鮮食材都背上了山，說過幾天要做臘肉飯。原來是一支「靡爛團」啊！我真是跟對隊伍了。

接下來幾天，我們造訪了像武俠片場景的下翠池，在火石山下的小溪洗著冰爽的澡，跨過橫亙的倒木找尋傳說中小矮人的石屋，勇渡二三〇林道的大崩壁，並在深山的靜夜，一起想念城裡的事情。世界在寬大的山上縮小，我在營火旁得知，那對夫妻就是參加阿杰的登山隊認識的。

獨攀固然單純，有伴同行又是另一番滋味。一個向陽的午後，他們陪我翻過一面大岩壁，登上我第八十座百岳頭鷹山。

爬山的過程那麼辛苦，是什麼原因讓人一直走下去？對我來說，一次次山行讓我更理解自己，確認並且接納了自己是個內向的人，電話、電鈴和電梯，這些讓我緊張的事物山上都沒有。

內向的人往山裡去。

神聖的稜線

雪山主峰　三八八六公尺

大鹿林道本來是可以行車的，攀登大霸群峰的人把私家車開進蜿蜒的林道，直達行車終點馬達拉溪畔，從那裡扛起背包，步入登山口。一場太平洋橫掃過來的颱風改變了林道的命運，敏感的地質禁不起風雨摧殘，登山者得用自己的腳，多踢十九公里的路程。

山友用「踢」來形容步行在林道上的機械性動作，帶點無奈的意味。台灣曾是伐木大國，一座座高峰間繾綣著數百條林道，如今多已荒廢，成為爬山的人接近（approach）群山的通道。

林道通常悶在濕熱的中海拔地帶，走起來滿身大汗，「風景」被茂密的雜林遮擋住了，既無複雜地形讓人留心通過，也無開闊景緻使人忘卻疲勞。走在其中，徒步變成單調的行為，重複啊重複，下山時總有怎麼踢好像都踢不出去的錯覺。

路本身是中性的，如果放慢腳步，又臭又長的林道依然可以風情萬種——石壁上的懸鉤子生津解渴，口感類似酸甜的桑椹；登山杖無意間挑起一條無毒赤蛇，牠在土丘上捲成一圈；山溝裡湧出的瀑布是甘美的水源。

大鹿林道重新修整路基後，國家公園管理處開放山友騎自行車來回，或拉著菜籃行走（把背包放在裡頭，省點力）。協作可騎野狼運補，公務車事先申請也能通行。要不要像玉山山腳那樣開放接駁呢？在各界有共識前，攀登者仍得一步一步把路給踢完。

但「放慢腳步」可真不簡單，人很容易被旁人的步伐牽著走，當全隊都是急性子，你就慢不下來。

父親節是這趟山行的「移動日」，大隊分兩輛廂型車在五峰鄉的客棧會合，布農店主大姐用玻璃杯倒小米酒給我們喝，有隊員擔心上山前喝得太醉，和她要了一些冰塊。隔天被載往林道的閘門前，八點在管制哨旁做完入山儀式，十二點就抵達馬達拉溪了，這是一支急行軍！

聖稜線的名號太響亮——有人說，它是台灣人一生要走過一次的路線，此行領隊與隊員加起來快二十人，我很久沒參加這麼熱鬧的隊伍了。大隊以每小時超過四公里的速度飄過林道，且隊形並未散開，收攏得很緊實。

馬達拉溪在原住民的語言中意指「紅色河流」，因上游的岩層富含鐵質。正午的烈陽把溪面照成閃爍的銀白色，看不見氧化鐵之紅，反倒能清楚看見鎖在溪邊的一排腳踏車，應該是要去單攻的吧？

領隊阿杰蹲在地上煮水，喃喃地說：「這是我帶過實力最平均的隊伍！」

他下達的指令是在登山口休息到一點，結果十二點五十分，超過一半的隊員都背包上肩，謙稱自己腳程慢要先出發了。我嘴裡嚼著還剩一半的飯糰，愣愣望著一個個背影隱沒在登山道。嗯，這是我參加過最精實的隊伍。

當晚入住海拔二六九九公尺的九九山莊，飽經風霜的入口木牌刻著「台灣省林務局」的舊字。到這個高度已很有涼意，山莊附設淋浴間，我上次來給莊主一百元他會用柴幫你燒一盆熱水。山上的正義魔人可不比山下少（也許更多吧），現在不提供這種「服務」了，我洗了一頓冷颼颼的澡，水淋到皮膚上，凍得自己都笑了出來。

從九九山莊到加利山全線走在密林裡，最後一段路才翻上稜線。翻出去的時候天光漸明，粉色的天空漸漸轉藍，從加利山平緩的登頂路向東望，可見整條聖稜線的剪影，太陽從中霸尖山左側正要探出頭。

聖稜線指的是從大霸尖山向南延伸至雪山主峰的稜脈，沿線海拔皆在三一〇〇公尺以上。崎嶇的路徑中隆起一座座孤高的山頭，朝聖者得一一跨越它，或者，有禮貌地向它借道。

「這神聖的稜線啊！誰能真正地完成大霸尖山至雪山的縱走，戴上勝利的榮冠，述說首次完成縱走的真與美！」日治時期，台灣山岳會總幹事沼井鐵太郎在他的筆記中如此讚嘆道。

沼井鐵太郎是在昭和三年（一九二八年）率隊考察大霸群峰，「聖稜線」從此得名，近代則有美麗的英文名稱 Holy Ridge。昭和六年由一支驍勇的登山隊以繩索完成首次橫渡，近百年來，這條險峻高連的稜脈成為登山者渴望握在手中的聖杯。

北半球的居民習慣以北邊為起點，直觀上，從大霸到雪山應該是順走，但有文獻說這是逆行，聖稜線該由雪山一路向北才對。其實，方向都是相對的，管他順走或逆行，反正就走吧！而且以大霸為起點還有一個好處——回家時不用踢大鹿林道。

行經大霸霸基時我伸出手，撫摸冰涼的岩面，這裡是台灣最「有靈」的地點之一，水滴從更高的岩縫間灑落下來，打在我的帽沿上。曾經大霸可用木梯登頂，後來換成鋼梯，近年山友尊重祖靈，走到霸基便算登頂。這日晴空高照，與我上回來的迷霧山脊彷若兩種天地，伍佰元紙鈔上的圖案，不會顯現天氣的變化。

持續取道向南，鑽過狹窄的煙囪地形。此時已翻到大霸「背面」，它和像顆竹筍的小霸尖山對調了位置，東壁是一面嶙峋的大岩壁，宛如土木技師測量過的九十度直角威猛地矗立在地壘上。先鋒小隊在午後雷陣雨落下前趕抵霸南山屋，這時消息傳來：有名隊員高山症發作，走得搖搖晃晃喃喃自語，由另一名嚮導把他帶下山了。唉，少了兩員。

霸南山屋位在青翠的森林中，從前是避風的霸南營地，泰雅語叫 Tattaku Kosu（過斷崖獵屋），明日將有許多斷崖要過。

縱走第三日，凌晨四點不到一列頭燈就從山屋裡往外射，南行的山徑土質脆弱，埋伏著各種崩塌點，隊伍前端對地層的擾動可能會造成押隊者的危險。通過一道懸壁時，忽然一顆大石被驚動開來，直直滾落到隊伍最後壓到隊員的腳，「這裡需要幫忙啊！」押隊者驚呼道。

眾人合力將石頭搬開，往前慢慢行至廢棄的巴紗拉雲山屋檢查傷勢，所幸並未傷及骨頭韌帶，只是外傷。路程還不到一半呢，不能再折損人員了……

聖稜線被後人開發出三種走法：我們走的叫I聖（把I想成一條線，兩端各是大霸與雪山）；距離最長的叫Y聖，在傳統聖稜外加上武陵四秀的四座百岳；以逆時針方向在雪山山脈畫圓的叫O聖，登山者從像一塊大理石蛋糕的品田山西側垂降過來，接上布秀蘭山。

O聖不去大霸群峰，是距離最短的聖稜，野跑者可用一天跑完。我們在布秀蘭山頂遇到的兩個女生不是來跑山的，她們剛渡過陡峭的品田斷崖，有點驚魂未定。接下來幾天，兩人有默契地走在我們前方一個山頭的距離，兩隊互相有個照應。

直到素密達山前全是裸露的岩峰，路跡時而隱晦不明，一路縱隊走得戰戰兢兢，像在高空踩一條看不見的鋼索。山勢奇險的穆特勒布山插滿一片片岩刃，巍峨的山體在眼前不斷放大，就在我們極度逼近它時，一個垂直關卡陡然擋住了去路——聖稜線的大魔王，素密達斷崖到了！

我是有懼高症的人，剛開始爬山時如果地圖上有斷崖的蹤影，前一晚會翻來覆去睡不好覺，甚至夢見明天攀爬絕壁的情景——腳下就是萬丈深淵，好恐怖！

半夜懍然一驚，睡袋被冷汗浸濕了大半，手腳發麻像從一缸冰水裡游出來。黑暗中默默祈禱明天晚點到來，讓我多睡一會兒吧！如果能把難關就這樣睡過去。

日常生活中也有不願面對之事，拖延是一種處理的方法。在山上只能勇敢面對，因為必須**回家**。這麼說來，家的呼喚緩解了我會懼高的陰影。身體的不安來自心理的恐懼，人在斷崖前，我學會重新審視高度、調整觀看的角度，並告訴自己，要相信手中的繩子，只有自己能把自己帶回家。

繩子，喝！素密達斷崖由於太常出事，粗糙的石壁上綁了一大堆，有紅、有白、有黑，每條繩好像都牽動著不同的後果。阿杰一把全抓過來，第一個下，他邊下邊喊：「你們等等就抓最粗的那條，一人下完再換另一個。」

我是隊伍中的第三人，前面的隊員下到懸崖中的平台，換我翻身下去，抓緊手裡的粗繩，順著岩層的節理一層層向下移動。過斷崖的經驗多了，眼睛會避免掃視周遭萬物，因為無限放大的空間感會壓垮你；就專注在腳下的踏點，忘了自己攀附在一面峭壁上，你不過是翻牆蹺課出去而已，雖然這面牆是如此地深。

身高之於登山不見得是優勢，但腿長比較容易踩到下一個踏點。國家公園管理處在裂縫間打上岩釘，在天然的凹槽外給予身體更多支撐。我下探到平台過了第一段斷崖，第二段是驚險的橫渡，在破碎地形上拉著繩子，緊貼著山壁向下走。

這時最不該做的是往「身旁」看，那裡空無一物，彷彿宇宙的黑洞，裡面就是你下一段人生。

橫渡的盡頭是斷崖的第三段，也是最危險的一段，陡降的山勢像被削了一塊，構成難以通過的天險，即使有繩幫忙，仍要一定的攀登技巧和力量。但那是過去式了，管理處在垂直岩壁上架設鋼梯，狀似一根銀色魚骨，只要雙手抓牢、腳步踩穩，從魚頭到魚尾一級一級抱住那根骨頭，就爬完了整座斷崖。

這是二十世紀走聖稜線的登山隊所沒有的待遇。是要保留自然的風險，或用人為的手段去除它？我站在斷崖底部，望著隊友一個一個魚貫而下，想起海明威說過的：「有時候你畢生的寫作，在下一代人那裡不過就是幾行字。」

攀登會不會也是相同的道理？

今日的膽戰心驚就交給素密達山屋療癒，它像童話裡的小屋，藏身在海拔三五〇〇公尺的原始林內。蒼鬱的森林與猙獰的崖壁形成鮮明的對比，中午前全隊抵達山屋，接下來全是悠閒的自由時間。有人全身脫光光到水槽邊洗澡，有人在山屋前的木棧板上泡咖啡，品嚐親友特製的可麗露。我趁天氣晴好，到森林裡走走。

是一座清幽的針葉林，地上長滿苔蘚，奇特的真菌依附著樹幹，菌蓋像一朵朵小陽傘，被穿過樹冠層的太陽照得爍爍發光。我在林間躺下，鳴鳥撲扇翅膀展現牠漂亮的羽色，我戴上耳機聽著下載好的歌，在適中的溫度裡睡了個沉沉的午覺，疲憊的身體被自然修復了，直到天涼……

回山屋穿上羽絨衣，晚餐的火鍋冒著誘人的白煙，滿滿兩大鍋是不同的鍋底。先吃飽的就到旁邊跟隊上的護理師學拉筋，拉完的再用放鬆的手臂把多煮的白飯和煎過的培根做成飯糰，當明日的行動糧。在布秀蘭山頂遇見的一對女生成為本隊的新室友，兩人窩在角落的睡袋裡睡得很熟。

隔日清早輕裝探訪穆特勒布山，它屹立在素密達山屋北側，三面皆是巨嶺危岩，只能從稍緩的南側徐徐腰繞前往。愈是接近頂峰，有愈多刺柏把守著窄窄的通道，大夥彎下腰，像貨物一樣鑽過綠色輸送帶。起身時景色豁然開朗，天邊晨光漸起，展露出高海拔獨有的美麗漸層，而通往山頂只有一條瘦稜，就一個鞋印的寬度，兩側全是深不見底的懸壁，走是不走？

都到這裡了，能不走嗎？我將重心壓低，如履薄冰地攀上三角點，這是高個的劣勢——走在空曠高危的地形上，總有風雨飄搖的感覺。

下山後全隊在山屋前合影（來！一起看向右邊），然後繼續南行。不久遭遇了一處像迴紋針把山塊夾在中間的乾溪溝，得先拉繩到最高處，再摸著繩索垂降到密林旁的下一段路跡。為避免前後的人被落石砸傷，一次只放一人通行，有隊友戴上岩盔，四天來隊伍第一次拉長，耗掉了不少時間。

「地獄拉繩」，阿杰說這是離線地圖上的名字。

隊伍再次聚集起來，浩浩蕩蕩在一顆顆山頭間繞進繞出；穆特勒布山在身後漸遠，雪山北峰磅礴的山體成為前方碩大的景觀。我們跨越壯麗的山脈，把背包暫擱在岔路口，漫步到北峰山頂。我在三七〇三公尺的高空蹲下來，親吻它的三角點，這時往南眺望，雄偉的圈谷彷彿觸手可及。

雪山群峰由兩個圈谷隔開：雪山主峰俯瞰著一號圈谷，是從傳統路線登頂主峰的必經之途。與主峰對峙的北稜角（又稱雪山北角）守護二號圈谷，它藏在最高隆起準平原的另一側，非得從聖稜線的方向接近它，才能窺見裡頭的祕密。

圈谷是冰河的遺跡，人們眺望到的不只是風景，更是巨大的時間，複寫著地球的歷史。

全隊下切至雪北山屋稍事休息，剛才的地獄拉繩帶走不少能量，眾人已見疲態。接下來才是聖稜線最要命也最精華的路段，全程踏在平均高度超過三六〇〇公尺的稜脊上，像踩著一頭巨龍的軀幹，祂只要一翻身就會把你甩到腳邊的懸崖去！

凹凸的岩稜上無植被遮蔭，暑熱中大夥冒著汗，帶著敬畏的心情在高峰間縱走，在空中排隊等紅燈轉綠，好越過下一個山頭。總算攻上凱蘭特昆山，往東方望去，隔著一座黑森林可見三六九山莊的影蹤，正路旁岔開了一條直達山莊的捷徑。

我仰望著怎麼走都走不到的北稜角，那兩個柔韌的女生已成山頂快樂的小點，互相拍著攻頂照，我得向她們看齊啊。半個鐘頭後，我沿著光滑飽滿、像被冰淇淋勺挖開過的二號圈谷開口，站上雄奇的北稜角，它海拔三八八〇公尺只比雪山主峰低了六公尺，我的登山鞋下可是台灣第三高點吶！

此時午後陣雨就要落下，大隊匆匆通過北稜角南面崩壁，在平緩的鞍部轉入前往翠池山屋的碎石坡，這下顧不得腳步了——用滑的比較快！我套上雨衣，率先衝往山屋，咦，今夜不是我們包場嗎？怎麼老遠就聽見裡面有窸窸窣窣的人聲傳來。

我推門一瞧，哇！不得了，山屋裡坐了十幾個狼狽受驚的人影，像被人蛇集團丟包在這，用驚恐的眼神看著我。原來他們被協作放鴿子了，今晚本該露營在翠池畔，現在吃的和住的都沒著落，協作電話也打不通，只好先躲進來等待救援。

他們讓出一塊空間給我，隨後讓出更多空間給陸續到達的隊員，但這小小的山屋容不下三十多人，況且，山上最是殘忍，人們爭著僅有的資源，以延續自己最佳的狀態，這是一場生存遊戲。我們還是把他們請出去了，那隊人難民似的瑟縮在山屋前，雨停後決定撤退，到三六九山莊避難。

這裡要塞下我們其實也很擁擠，晚餐後阿杰指揮大家把睡墊一張張靠緊，把背包一個個疊在門邊。好像回到小時候在圖書館午睡的光景，和其他小朋友躺在一起，吹著涼涼的冷氣。

最後一天拂曉出擊，聞著林子裡漫過來的植物氣息，踩著碎石坡慢慢翻回稜線。眼前忽然一片開闊，前方的天幕掛著一個深邃的宇宙，在暗夜中漸漸點亮，喚醒太陽的金光。我循著幾個月前穿冰爪下到翠池的路跡，走上雪山主峰頂，如今，我從每個方位都親近過它了。

聖稜線的六十公里路程，完結在主峰的石碑旁，全隊在朝霞下會師，日出的雲彩映照著一張張滿足的臉。從這裡就一路下山了，我聽著 Sam Fender 的〈Seventeen Going Under〉，朗朗藍天下，覺得被溫柔的圈谷擁抱著。

夜行在地球暗面

太魯閣大山　三二八三公尺

不到凌晨三點，大夥就被領隊的吆喝聲叫醒了。

「大家～起床！」

這裡是海拔將近三〇〇〇公尺的太魯閣大山北鞍營地，座落在一叢叢濃密的箭竹間，腹地不大，分上下兩層，上層搭了五頂顏色不同的帳篷，帳與帳之間散落著拖鞋、雨傘、水袋和炊煮用具。下層是上廁所的地方，得小心行走，否則會踩到地雷。

空氣稀薄的高山，聲音的傳速像箭一樣，咻一下！就從這頂帳射到下一頂。僵死在睡袋裡的隊員心一凜，腦袋空空地把營燈轉開、頭燈點亮，穿起保暖衣物，拿著吃飯道具到領隊阿杰的帳篷前集合。蜷縮在寒夜裡等著一杯熱水，等一個告訴自己必須醒來的時刻。

阿杰嗓門很大，是個紀律嚴明之人，他做事沒有灰色地帶，如果不幹高山嚮導，很適合在部隊裡帶兵，會是深受阿兵哥愛戴的長官，因為總是以身作則。但鋼鐵男子如他，蹲在涼颼颼的帳門前煮水時也忍不住埋怨道：「真不想起來啊……真是不想起來……」

整支隊伍沒有一個人想在這時醒來，捱著凍寒的地氣吃著食之無味的沖泡飯，一會兒便要洗鍋、拔營，把濕到不行的帳篷再塞回背包（某種回沖的概念）。旋即在阿杰的催趕聲下背起沉重的行囊，走往下一段山路。

如此折騰的「摸早黑」行程，只因我們正在與時間賽跑。

夏日的山區，每天下午兩點甚至更早，由一陣閃電在漸暗的天際揭開序幕，午後雷陣雨就滴滴答答落了下來，準時的程度一如每月底的電信費帳單。

那場雨會下多久不一定，得看當日的氣候條件互相擾動的結果。這次走的六天行程中，最早結束的一場雨是下午四點，接著就雲破天青，發生在海拔三一一二公尺的磐石中峰營地，又稱「水鹿大操場」。

下得最晚的一場直到晚上十點，弄得全隊整夜睡不安穩，事發在海拔三〇〇〇公尺的大理石營地，又稱「廣寒宮」。那裡沒有嫦娥，倒有滿強的手機訊號。

登山的人都知道雨中行走是多痛苦的一件事，管你身上穿著等級多高的 GORE-TEX

夾克、雨褲、登山靴，科技的舒適敵不過自然的物理現象。一旦雨下得久，衣物內側會開始反潮，汗水和雨水沿著襪子浸透到靴子內，不只腳底板走起來滑溜溜熱脹脹的不舒服，還會在身體周遭溢出一種類似酸黃瓜的味道，所謂「縱走的氣味」。

到最後，人的鬥志與意志力也跟著反潮了——What the hell am I doing here？雨中人邊走邊問。

平心靜氣地走路，才是平安下山的正途。我們匆匆解決杯裡的泡飯、泡麵和即溶咖啡，在阿杰一聲令下後綿羊般著裝完畢，呈攻頂隊形往吸飽露水又沾滿敵意的箭竹堆裡鑽，準備攻向海拔三二八三公尺的太魯閣大山，一座氣象萬千的雄渾高山。

一片漆黑中，我將頭燈的角度與亮度調整到適當的工作範圍，再將半指手套的魔鬼氈黏緊，確認手錶上的時間——凌晨三點四十五分。我走在隊伍的第三個，那是我習慣且喜歡的位置。

這支縱走隊共有九人，七男二女，都是登山經驗累積到一定程度的老手或中階者，否則，沒事不會自討苦吃來走這條奇萊東稜路線，號稱台灣百岳的四大障礙。剛開始接觸登山時，光聽到「奇萊」的名號都讓人害怕，接駁車司機在潮濕的山路上細述各種山難故事，繪聲繪影的，好像要把我們載去下一個不幸的地點。

山難故事有一種奇怪的魅力，它跟災難電影不同，電影買張戲票，去體驗「安全的驚悚」就好，還能一邊嗑著爆米花。入山則是在別人的悲劇教訓中，親身走一遍他們沒走完的路，期許自己當個倖存者，而非下一檔山難故事的主角。

我第一次到奇萊走的是主北路線，即主峰和北峰，在那之前只登過四座百岳。一個爬山的門外漢，努力克服心理和身體的恐慌，小心翼翼地攀越石壁，站上望而生畏的北峰頂，那一刻，萌生出「原來我可以！」的念頭。

和隊友擊掌慶賀的同時，一隊彪形大漢背著重裝也上到北峰，他們目光如炬，神情犀利，遙望著東方的稜脈說要繼續去走奇萊東稜。「我可以嗎？」登山第一年，我真的覺得自己不可以。

奇萊東稜是一條荒遠的險路，得在箭竹海中**乾泳**，「帶蛙鏡了嗎？」識途老馬得知你要去走奇萊東稜，會這樣挖苦你。蛙鏡我當然沒帶，防曬油卻擦得不夠多、不夠勤，低估了酷暑的紫外線，慘遭嚴重的曬傷。我眼神渙散在豔陽下走著，感覺手臂上的皮膚同時在冒泡。

下回也該帶一罐螞蝗噴劑才是，從帕托魯山一路下切八百多公尺到一座鬼屋似的工寮過夜時，我把全身濕透的衣服換掉，驚見一隻深褐色的光滑生物往我的左手臂鑽，猶如《駭客任務》裡鑽進尼歐腹部的機械蟲！

牠邊鑽邊吸血，邊吸血那噁心的身體就愈脹愈大且不停抖動，直到隊友趕來用打火機烘烤牠，螞蝗才捲成一圈從我的手臂上脫落。但牠仍未死，直到有人出腳把牠踩破為止，而地上就冒出一灘血水……這還是我初次被螞蝗襲擊呢，下回真該帶噴劑才對。

不！奇萊東稜是不會有下回了。

這條急上陡下的橫斷路線遍佈著險惡的地形，起點為合歡山松雪樓下的奇萊登山口，終點是花蓮縣秀林鄉的岳王亭，全程五十六公里。最高點為海拔三六〇七公尺的奇萊北峰，最低點落在海拔四〇〇公尺的岳王亭。走完全線，經歷三千多公尺的高低落差，你在陡峭的山脊間上上下下，聽著膝蓋哀嚎。

途中有許多垂直近九十度的陡坡，一旁是遙不見底的深谷。這麼艱險的路線，得找信賴感堅如磐石的領隊才行！回溯起來，我完成南一段、干卓萬、白姑大山那些困難行程，都有阿杰在前面當定心丸，準時地把大家抓起來摸早黑。

此行走的是六天的標準行程，第一日沿著小奇萊草原緩步下行至成功山屋旁的溪溝紮營，這天還算輕鬆。其他則各有各的關卡和難點。

第二日：背著十多公斤的重裝翻越奇萊北峰，經月形池與驚嘆號水池，到達水鹿盤踞的磐石中峰營地，展開人與鹿的對峙。本來想帶 Radiohead 的《月形池》（*A Moon Shaped Pool*）唱片去和那座月形池合影，為了減重而作罷。

第三日：重裝上磐石山，經地勢破碎、多段需要拉繩的鐵線斷崖，夜宿太魯閣大山北鞍營地。

第四日：來回疾行，先取太魯閣大山，再走一段濕滑的高繞路下至平安池，每人取四公升的水，一路陡上攀岩至大理石營地，體會月球表面的孤寂與寒冷。

第五日：清晨登頂立霧主山，鑽過漫無止境虐人心神的極品箭竹海，在昏天黑地中登上帕托魯山（所幸，山頂展望極佳！），隨即下切至陰暗的工寮，窩在睡袋裡對自己說：終於，明天可以回家。

第六日：在螞蝗大軍、刺人芒草、高溫熱浪和殘酷陡坡的多重伺候下，八小時內瘋狂下切將近兩千公尺，抵達魂牽夢縈的岳王亭。而接駁車與冰冰涼涼的啤酒和可樂，就等在隔壁的公路上。

這個靜謐的暗夜只是第四日的起始，行程表上一站一站的地名和變動的海拔數字，與實際穿梭在山徑間是兩回事。旅程只進行了一半，還有好多真山頭和假山頭要翻，好多危崖要過。還有好多時間讓你把身心靈貼合在一起，品嚐那種愈疲憊卻愈加深刻的存在感。

《欲望植物園》那本書藉由四種植物說明人類的行為，在〈大麻〉那個章節裡，作者寫道：「痛苦的感受是最難由記憶中喚回的。人類大麻質系統進化出來，是為了協助我們忍受（同時選擇性遺忘）生命中慣常的明槍暗箭。這樣我們就可以早晨起床，一切重新開始。」

痛苦最容易被淡忘，我們才有可能愛上下一個人，繼續爬下一座山。

阿杰回頭要我快點跟上了！眾人披星戴月地穿越森林，夜行在曲折的山壁上，腳下的暴露感被尚未清楚的視線給消解。我貼著涼快的岩面，抓牢樹根，在太陽還沒照到的地球上攀過一條瘦瘦的稜，漫步到太魯閣大山之頂，在漸亮的高處，看見那顆發光的三角點。

這時太魯閣大山的山影像一座黑色金字塔，倒映在對面的群峰上，是優美的能高安東軍稜線。而太陽升起的東側，金色光芒穿射出雲層，灑落在平靜的太平洋上，我們所在的頂峰，能眺望到海上航行的船隻，前景就是明媚的花東縱谷。

步行在山裡，每天我都會哼一首歌。今天的主題曲，肯定不是傷心太平洋。

雪鄉

合歡北峰　三四二二公尺

通往松雪樓的這條路，有個饒富台灣味的路名：台14甲線。一如「台梗九號」池上米、「台茶十八號」日月潭紅茶，這些字的輪廓，以及默唸時耳內發出的響聲，都有一股清香的泥土味飄進鼻心。某些路段，台14甲還泛著森林的氣味。

那是一條水蛇般蜿蜒而上的高山公路，連接南投霧社和花蓮大禹嶺，途中經過台灣公路的至高點——海拔三二七五公尺的武嶺。這條壯麗的公路，過去是愛國教育「人定勝天」的象徵，由隨國民政府渡海來台的榮民官兵沿著山的肌理開鑿出來。

早年攀登合歡群峰，得走上三天三夜。路通以後，從山腳的埔里出發，不過兩小時車程就抵達松雪樓，那裡是合歡群峰的攀登基地。

松雪樓最早為蔣公行館（是的，蔣公），如今是全台最高的旅店，一塊「海拔三一五〇公尺」的牌子釘在門口，很醒目。後頭有個電子溫度計，我去過這麼多次了，從未在欄位中看過攝氏五度以上的數字。

此地的低溫，一來是松雪樓建在山坡的背陽處，二來我總在春冬兩季造訪，為了避開夏天的雨季，卻迎來了雪。

雪況最盛大的一次，一場遲到的寒流夾帶豐沛水氣，讓台14甲幻化成一條雪中穿行的銀蛇，它所繞行的合歡群峰冰封成一個清爽的銀白世界。山的皺摺處，收納了我在這座海島上見過最多的雪。我們的轎車只能開到清境農場，上山的最後一段路，得換乘加掛雪鍊的四輪傳動車。

窗外大雪紛飛，我和隊友在車內用雙手接住嘴裡呼出的白色氣圈，像一個個飄浮在冷空氣中的貝果。每個人的眼鏡都起霧了，全身寒颼颼的，公路的黃色護欄在積雪中勉強露出了頭，提醒駕駛那裡是安全的邊界。

合歡山區曾是台灣的雪鄉，以一條小徑和松雪樓相連的滑雪山莊，是此行的下榻地點。山莊後方是溫和的合歡東峰，登山道兩側遺留了幾座廢棄的纜車塔台。一九八五年之前，合歡東峰擁有全台唯一的天然雪場。

那是台灣仍會下雪的時候，纜車把滑雪客送到山頂，他們玩累了，就在山腰上的滑雪山莊過夜。夜裡在榻榻米上靠得緊緊的，向群星說著故事。

一九八〇年代是我的童年，也是救國團各種「冬令活動」最熱門的時期：合歡山戰鬥營、合歡山滑雪營、合歡山雪地活動隊、合歡山賞雪團、合歡山攝影健行隊。娛樂不多的年代，青年學子在「團結自強」的號召下被遊覽車載上了山，越過武嶺，被島嶼深處的雲雨給洗禮。

因為氣候變遷，雪場盼不到穩定的降雪，只能終止營業。救國團因改朝換代成了被討伐的對象，營隊不再熱門，不再被社會所需要。停用的纜車機具垂倒在合歡東峰的草坡上，任憑風吹、日曬、雨淋。

而矗立在對面的奇萊北峰，則用威嚴的姿態宣告——**我才不朽**。

滑雪山莊正是眺望奇萊北峰的最佳位置，冷峻的北峰像一尊黑袍巫師，在荒野中獵捕旅人的夢。旅人因此不眠，蜷曲在電毯上催眠自己已經睡著，或起身冥想，在夜間遊蕩，掛念著明晨即將登上的那座山。

我的確失眠了，惦記著前幾次的山行：和隊友拾級而上到松雪樓吃 buffet，大啖香脆的高麗菜；旅店大廳掛著幾幅從前山地堆滿雪的照片，好像高山症產生的幻覺。就在山莊旁邊是奇萊登山口，我初次完成主北行程那回，沐浴在森林的耶穌光裡，在小奇萊草原最後那段上坡走到自暴自棄。

從那次我學會了哼歌，像《全面啟動》中辨認現實與夢境的圖騰，我讓歌的旋律帶我重返人間。

這回不是單純來爬山，是要帶一本書到山上閱讀，視野壯闊的合歡北峰是預計攀上的目標。要讀的書是蘇格蘭作家娜恩．雪柏德的《山之生》，一本自然書寫的奇書，被作者擱置在抽屜裡，塵封了三十餘年，直到她過世前才出版。

三十餘年，足以構成一個作家的黃金寫作期。但相較於浩瀚的地質時光，以及雪柏德窮盡一生的細細書寫，用她整個身體去感受蘇格蘭古老的凱恩戈姆高地，那只是轉眼一瞬。

那本書並不在乎時效性，它關切的恰是時效性的反面：人如何在自然中達到安定的存在。那種狀態不單是肉身與環境貼合，更是心靈的嚮往，一種精神上的奉獻。雪柏德一生未婚，離群索居，她以山為伴。

「被探索的一方會隨著探索者一同成長」，這是她長年處在自然中觀察出的現象。

宜人的合歡北峰是我拜訪過好多次的山。初訪小溪營地後的登頂，邁向合歡西峰途中的路過，乃至這次讀書會的再訪。每回踏入登山口，我的心緒都因山下的遭遇有新的波動。

清朗的春日早晨，我和隊員背著簡單的爐具、零食和咖啡包，還有幾把待會兒要坐的折疊椅，相繼走入山徑前的矮林。比平地更薄的空氣，加上鑽出林子後陡升的地形，很快把隊伍拆成了好幾段，像被切開的麵團。

現在我有能力走在領先組了，登山會讓人更了解自己的身體，那是最深奧的探索。讀書的隊伍由出版界的工作者組成，有編輯、記者、雜誌總編和書店主人。眾人走出樹林，踏上地毯般的草原，視野變得遼闊。我跳上一顆大石頭，望著夥伴們踩過碎石，翻越土坡，每個人都縮小成緩緩移動的黑點，在稜脊上壓低著頭，讓強風掃過頸背。他們也默默思索著此行的意義。

「與身體達成深刻的和諧，就有可能進入存在的核心」，雪柏德標示出存在（being）的位置，隱藏在身體的深處。這本書有另一個譯名叫《活山》——活生生的山，放大了入山者的感官經驗，他在栩栩如生的維度中，覺察到自己活著。

我依然站在那顆石頭上，晨光中的松雪樓、隱沒在森林背面的台14甲，成為這片風景模糊的點綴。

就在松雪樓前，合歡尖山下方的那條公路上，有一塊神奇的空間：一面路牌寫著南投縣仁愛鄉，對面二十公尺處有另一面路牌，寫著花蓮縣秀林鄉，兩條縣界中間有一個真空地帶。

每次經過時我都會想，如果雪下在這裡，要算哪一鄉？

湖畔的摩托車司機

六順山　三〇〇九公尺

載我的司機名叫老紅，穿著一件被太陽曬舊的運動夾克，短褲裡搭了一條底層褲，腳踩螢光綠拖鞋，鞋身像擋泥板沾滿髒汙的痕跡。老紅並不老，不過二十七歲，這是他告訴我的年紀。

在橋邊分配司機時，他嘴裡叼著菸，自個兒在角落給車換油，像從褪色的世界裡走出來似的，頭上的mohawk髮型從紅色褪成橘色，是不是因為這樣才叫老紅？我不確定。他和其他客人也許會報不同的名字，依當下的髮色而定：老藍、老綠、老黃。那樣比較好記，也省事得多。

兩天的僱用關係，是發展不出什麼友誼的。我這種漢人他看了太多，不過是來蜻蜓點水，到高山觀光一圈，告訴我族名又如何呢？明天下午我依然拍拍屁股走人，哪會記得這個新交的布農族「朋友」。

況且——我猜這才是主因吧！我不是妹子，載我只是工作，沒有福利可言。

老紅的髮型挺像《計程車司機》裡的勞勃．狄尼洛，但狄尼洛腦袋瓜兩側的頭髮刮得很乾淨，老紅大概太久沒給人弄了，新長出的頭髮像乾草蔓延在耳朵上方。他算另一種計程車司機，肉包鐵的那種，騎越野摩托車把客人從斷掉的丹大吊橋頭，載到七彩湖附近的營地，全程五十公里出頭，爬升兩千五百公尺。

這段路勤勉的人可用走的，來回需要五天。像我們這樣呼叫「布農機車連」來載，兩天一夜就能完成七彩湖（海拔二九〇〇公尺的高山湖泊）與六順山（海拔三〇〇九公尺的百岳）這組套裝行程，等於用錢去換時間。

來回車資要價一萬兩千元，你說值不值得？

費用是不是全歸老紅所有，我並不清楚。錢不是我直接拿給他的，是在接駁小巴上繳給此行的領隊，由他統一轉交給機車連的領班。老紅被車行抽點仲介費應該不可免，但無論如何，他在一個驚險的岩壁轉彎處輕描淡寫地對我說：

「真是謝謝你們這些懶得走路的人，給我們飯吃。」

他一手按壓離合器，一手猛催油門，右腳熟練勾著打檔桿，與狹窄的山路周旋。車身右側不過一個輪徑寬，是又深又陡的丹大溪谷，只要一個打滑我就會抱著他一同落入深淵。此刻我只能信任他的技術，也希望他的話語中沒有一絲挖苦我的意圖。

如果沿途對我說的事都是真的，老紅在部落裡有老婆和女兒要養，騎車比種田好賺太多。這條迂迴向上的丹大林道，當局只開放布農族人騎動力車輛進來，睜一隻眼閉一隻眼讓他們做接駁生意。平地人只能騎單車或走路，這讓機車連在中央山脈這片曲折山谷中，沒有競爭的對手，做著某種間接受到保護的半地下生意。

或許因為這種交易以及衍生出來的司機乘客關係，帶著模糊曖昧的成分，我的身體明明進入燦爛的高山現場，自然卻像浮幻的投影，一幅朦朧的水墨，從身邊飛掠而過。

崩壁前的立鏡，反射出山坳的弧形和我滑稽的樣子（整顆頭包得密不透風只露出眼睛，畢竟風沙不留情面）。參天巨木在濃霧下說著囈語，樹嘴唸唸有詞，替駛入隧道的車隊誦經——從洞的另一頭出來，就闖入另一方天地。

假如是用走的，途中景色被感官用更慢的速度處理過，公路電影就變成一疊照片。是哪部電影呢？《革命前夕的摩托車日記》，雖然我和老紅無命要革。

林道上寫滿了上世紀的山林拓荒史——伐木的遺跡、荒廢的林場和靶場，從二分所、三分所、六分所到台電招待所這些彷彿主題樂園一關接著一關的台電保線所舊址。高聳的電塔屹立在遠山上，所有文明的實證，在野外投射出似仙似鬼的「前人」身影。

人需要信仰，在深山蓋起了廟。台灣最高的寺廟海天寺座落在行程中段，正對著一棟檜木搭起的宿舍。廟是讓當年修路的工人有個精神寄託，宿舍則是伐木公司員工的住宿點。絡繹不絕的登山客讓廟前仍有香火，宿舍卻已半頹，潮掉的木頭混雜著霉氣味，在空蕩的隔間裡繚繞不去。

我在爐灶邊看見一具鹿屍，似剛死不久，皮毛還很完整。我連忙到屋外想跟老紅分享這個發現，他以為是要催他上路，趕緊捻熄手中的菸。宿舍這個「景點」老紅不曉得載多少客人來看過多少回了，門前那株開著漂亮紅葉的槭樹下，他扔掉過的菸屁股，可以在對面的廟裡捏成一尊神。

而神的丹田和摩托車氣管都冒著白煙。

我們七人叫了七輛車，下午被載到營地，下車第一件事都是捶捶緊繃的屁股。日落前隊員到七彩湖畔繞了一圈，一棵像章魚的倒木擱淺在岸邊，我們一個一個跨過它，踩死了一堆蝌蚪。冰藍色的湖面倒映著一對緩丘，好像女人的乳房。晚餐後司機們在暗夜餘火邊聊著山下的老婆，每隔一根菸的時間，就要重述一遍我們布農男人最怕太太。

老紅早就睡了，沒加入老司機的瞎聊。他躺在天幕下裹著髒兮兮的睡袋，胸前抱著一瓶沒喝完的保力達B。

第二天天還沒亮，我被領隊從帳篷挖出來，去登六順山。路不難走，登頂時也沒有特別的成就感，也許因為坐車的時間比爬山的時間還多吧。下山前司機們把摩托車停在營地入口，乘客和駕駛分站兩排，拍了張合照。老紅拍拍他的坐墊，瞧我一眼：「來，上來吧！」

他左手捏著抽到一半的菸，右手把油門轉開，準備再騎四個多小時的山路把我放回濁水溪畔的橋頭。我輕輕抓著他運動夾克的下襬，調整屁股的角度，準備再吸一輪煙塵與司機的體味。

鑽出下山的第三個隧道時，我在他耳後喊道：「你這摩托車我也有一輛！」老紅興奮地回頭喊：「政哥，真的嗎？你怎麼現在才講！你那輛騎多久了？啊對，你還沒跟我說你有沒有老婆和小孩！」

我想到昨天剛上車時，他用淡淡的口吻說，這條路自己跑幾十趟了，每次載客人到營地就忙著燒水做飯，還沒看過七彩湖的樣子。回程的路途，我們沒再多說什麼，太陽下到了山坳處，他在昨天見面的地方把我的背包從車尾貨架卸下，領班提醒我們，回去記得給機車連的粉專按讚，要推薦其他山友來給他們載。

我坐進小巴，和蹲在路邊抽菸的那個年輕人，我這兩天的旅伴揮了揮手。老紅啊！湖邊很美，希望有天你也能到那裡看一看。

濱海的山脈

羊頭山　三〇三五公尺

山壁上有一個閃爍的小點，像夜行中的螢火蟲。它上升的速度不快，但去向穩定，彷彿往山頂有一條隱形的軌跡。

鏡頭再 zoom-in 一點——啊，是個攀登者！他抓緊一對冰斧在冰牆上劈砍，身體於岩縫間小心挪移，靠腳下冰爪往前一蹬的力量，把自己踩高。他正在空身夜攀（Night Naked）。

那是一九九〇年代一群藝高膽大的高海拔登山家開發出的方式，只帶最低限度的物資，走在極限的邊緣——食物、水和幾樣技術裝備，有時連繩子都免了，整個人輕得像一縷煙，靈巧地在地形間纏繞。

他們選在雪況穩定的夜間出發，途中不露宿，用最短的時間從基地營來回頂峰，往往會超過二十四小時。頭燈照射著巨大的山壁，光線以外全是未知，許多八千公尺巨峰的新路線被這種優雅的方式開發出來。過程中，失誤不能來攪局，一個不留神，人的氣息就會被大山給收走……

單攻羊頭山前一晚，我躺在花蓮一家民宿的臥鋪，左翻右翻睡不著覺，竟然想起千里之外的畫面。那些人輕裝簡行，與神博奕，把性命託付給山。我應該已經過了自問「為何要爬山？」的階段，但上山前夜，心思依然有奇妙的擾動，需要一些特殊情境來激勵自己。

想像的世界裡什麼都有，包括墜落。

雙腳忽然踩空，我從床上彈了起來！牆面的螢光鐘顯示凌晨四點，身旁的K被我驚醒，她轉開夜燈，先去盥洗，這時鬧鐘也響了。民宿位在成功街，以前是樂器行，房裡擺了一個大鼓做的圓桌，直徑不長，幾包零食就堆滿了。

公用廚房在房間外，我揉揉抽筋的小腿，把兩人的水袋拿去裝到八分滿。只是去單攻的，背包可以很輕量：手套、毛帽，幾袋堅果和軟糖就差不多。天氣預報的App今天是陰雨圖案，我把雨衣先披在身上。K從浴室出來，整理她的攻頂包，直到按開民宿大門，我們一句話都沒有說。

或許是默契吧？話少的人會和話少的人做朋友。

她的車，一輛短尾巴的白色TIIDA停在鄰近的福建街，就在「島東譯電所」旁邊。一年前我和詹哥從雲峰下來，自己到花蓮住了一晚，隔天清早拖著疲憊的腿在市區亂晃，曾經走到它的門前。感覺是一家**可疑**的店，看不出是在賣什麼的，本來想進去探探，不過店還沒開。

K是土生土長的花蓮人，大學和研究所都在外縣市讀書，台灣轉了半圈回到這裡，生活與工作。行前我倆討論行程，三天兩夜，能去的地方不多不少，我將島東譯電所安排在最後一站，有技術性拖延的味道，就怕一進去就出不來了。

上車後兩人終於說話，「還是按昨天講的，去程妳開，回來換我？」她點頭，把車鑰匙插進孔槽，轉到底點燃引擎，打到D檔踩下油門。小車像一隻兔子，輕聲地蹦入暗巷。就和計畫一樣，我們在五點出發，一月的天空仍未亮起，台9線兩側已有砂石車在往來。

赤裸的夜，車在看不到的絕壁上越野，雨刷好像雪鏟，「唰唰唰」掃掉擋風玻璃上的水痕。我們在沿途第五家7-11吃早餐，我嚼著加熱過的飯糰，油條已經不Q了，毛毛雨窸窸窣窣滴在隔壁檳榔攤的棚子上。

K也喜歡攀岩，放假沒事就掛在東海岸的岩牆上，對於早起的節奏與在便利商店補給的行為都不陌生。常跑戶外要會苦中作樂，我用車上的藍牙放起George Harrison的〈Isn't It A Pity〉，盤旋的音階裡，揮發出Oasis的頌歌〈All Around The World〉。

指路App表示，到登山口還要兩小時車程。羊頭山！我可是回來補考的……事發在我登山的第一年，和一幫菜鳥隊友試著挑戰「畢羊縱走」，一條從畢祿山沿著鋸齒連峰走到羊頭山的路線。在此之前，大夥都沒有高山縱走的經驗。

一行人搭接駁車從梨山的方向抵達大禹嶺，途中還有說有笑，聊著晚上要在營地享用的羊肉爐。在停車場整裝完畢，成一路縱隊走進又黑又長的合歡山隧道，同時也走過花蓮與南投的交界，從西口出來，接上路旁的八二〇林道。

當晚在林道終點紮營，帳篷少帶了，我和兩個大男人擠一頂雙人帳，像睡在加壓艙裡，完全翻不了身。第二天在幽暗中攀上削瘦的稜線，來到畢祿山——不過是我第七座百岳。接著在駝峰般的連峰上上下下，身心跟著晃晃蕩蕩，艱險的地形似乎隨時會把人推下山崖。

眼看就快通過連峰的折騰，卻在羊頭山岔路口前踢到一塊凸出的尖石，把我的腳踝給扭傷。從受傷地點到羊頭山頂，只剩一公里路，好不甘心吶！但硬拚只會帶給大家困擾，有兩個隊員也不想攻頂，我和他們在漸暗的天光中下撤，走一步，滑一步。

幾乎像**得救**一樣下到登山口，磨難可還沒結束，路徑最底是一條湍急的溪，中間隔著一座要拉繩的陡坡。三人費盡最後一絲力氣滾到岸邊，司機在對岸揮舞著手電筒，要我們鑽過公路旁的涵洞，車停在那裡。不過是爬個山，為何弄得像生存遊戲呢？

接到全隊已經晚上十點多了，遠遲於預計的時間。司機有點生氣，像個亡命之徒在海島東部趕路。月黑風高的秋天，蘇花公路像一條滑溜的蛇前後擺盪，某些驚險路段，車身都快碰到太平洋。午夜時分大夥被放回台北的集合點，都一臉慘白：爬山需要這麼賭命嗎？

生命是連鎖反應的結果，過去與未來互相影響，一樁事件牽動著另一樁事件。當初沒踢到那塊絆腳石，現在我不會坐在K旁邊。

她把車開得很輕盈，像風的使者。而台9線在轉入太魯閣大橋前，會接上台8線，即鼎鼎大名的中橫，在那座中華民國美學的牌樓上，它叫「東西橫貫公路」。啟程前

K問我需不需要保險，她擔心的倒不是羊頭山，是這條在峽谷中迴旋的公路，常有意外發生。

寧靜的晨間，好長一段路山谷裡只有我們這輛車，偶爾會瞥見猴群在大理石岩層間活動。奔騰的立霧溪把山脈切割成深V字型，彷彿威力無窮的地祇從島嶼基座比出勝利手勢。車在山洞間穿行，悠遊於神的兩指間，當峽谷愈切愈深，祂的指頭也愈併愈攏。

行過九曲洞，一側是暗藍色的將被太陽照亮的深潭，一側是險峻的峭壁。路中央開始堆積滑下來的落石，K熟練地開著山路，轉彎時整個人好像攀附在方向盤上，用她時常掛在岩壁間的雙手雙腳，把輪胎抓牢。

駛過紅色吊橋進入天祥，一輛遊覽車穿山而出！和我們在曲流旁的窄路會車。天全亮開了，羊頭山開了新的登山口，要從慈恩隧道頂端高繞過去，上頭還停了一輛怪手。我將登山杖拉長，盯著當年逃難的涵洞，七年這樣過去了。

忽然K臉上閃過一抹猶豫，羊頭山她去過滿多次了，今日天氣也不好，過程想必不會太舒服。我讀懂了她的臉，請她在車上等我，「我去去就回！」

季節、心情與變更的記憶，同一座山，不會有兩次完全相同的經驗。我在濕滑的山徑上跨步，想像前方有個空身夜攀的大神，帶我直面大山。全程都在森林裡鑽，林間掛滿銀亮亮的松蘿，沾著水氣。幾段碎石坡我依稀還有印象，鞋底的摩擦力被鬆動的石頭消解，這時唯快不破。

向上攀了兩個鐘頭，抵達上次折返的岔路，重新站在原地，我還能憶起當時放棄的心情。通往頂峰是一片針葉林，我穿過它，中午前登上了羊頭山，幾個山友在雨中拍照，問我是不是第一次來。三角點旁有更開闊的視野，能眺望雪山圈谷的積雪，後方連接著一道雪白的弧線，就是優美的聖稜線。

我未再逗留，疾步下山，兩點左右沿著邊坡跳回中橫公路。K以為我要黃昏才會歸來，看到我嚇了一跳。

山爬完了，放心當個觀光客吧！回市區換我開車，K在副駕駛座導覽，小車在鬆鬆的馬路上慢行。我們到七星潭一家搖滾樂手開的咖啡店坐坐，去美崙溪畔的牛肉麵館品嚐清燉與紅燒的湯頭；午後在海岸公路遊蕩，站上七七高地被無涯的大海環繞。高地的風很強，濱海山脈在南方隱現。

就在北上的自強號發車前幾小時，我們終於走進島東譯電所。

它是個賣酒的地方，更像店主夢境的收藏，甚至一部超現實電影的道具間。滿屋子光怪陸離的東西和諧地共處一室，喇叭裡傳來 Sigur Rós 的〈Svefn-g-englar〉，牆上亮著一具「**平常心是道**」的霓虹燈。進到這個空間，會切斷你和外部的連結，給人整個世界都是如此的錯覺。

而那是一種美好的感覺。臨走前店主認出了我，把印有店名的打火機交到我手中，「為我的青春致意。」那是整趟旅行我唯一帶走的紀念品。

K把我載到車站前，兩人在前座擁抱，在我寬宏的想像中，台灣每一座山都圍繞著花蓮。列車行經清水斷崖，我在靠窗的座位點燃了打火機，火光裡映現出當年那輛接駁車上，隊員們沉睡的臉。回家的夜路旁，就是發光的海灣。

螞蝗與颱風

新康山　三三三一公尺

人對災難場面有天生的需求，幾乎是生物性的。災難讓人害怕，會激發出面對更高層次力量的無助感，那種力量源於自然——洪水、火山爆發、隕石撞擊。不同的文明替那些力量添加傳說，寫成各種起源故事。

宗教則賦予它形體，稱之為神。

人生來有一種臣服之情，會崇拜偶像。在人山人海的場合，如宗教祭典、演唱會現場或選前之夜，萌生出個人微不足道，附著在壯大群體中的歸屬感。那種感覺同樣發生在無人的山巔，無限擴張的視野足以壓垮一個人。

「覺得自己渺小」是必要的心理機制，平衡人性中自大的那一面，同時減輕人的負擔：你能做的就是這麼多，超過的部分不用擔心，自然的律則會去處理它。

人在自然中流淚，不是聽見激情的演說或樂團演奏了自己的愛歌，是覺察到自我和環境的不成比例——人的身體和一座巍巍大山質量上的不對等，短瞬的生命和悠長的地質時間巨大的鴻溝。

自然中有一個比你更永恆的存在，感應到這件事，握緊的手就鬆開了。學會放手，值得一哭。

災難雖然讓人心生恐懼，也能提升人的狀態，必須更加專注與集中，在危難中團結起來，所謂「風雨生信心」。逆境時建立起的友誼最可歌可泣，而泡麵總是颱風夜比較好吃。

人會懼高、會怕黑，會在「明天過後」揚起生還的喜悅，這些一代一代傳承下來的天性，都能追溯到最初的野地經驗。在遙遠的史前，我們的祖先要面對的未知遠比已知多得多（這恰是每天重複著前一日的當代生活的相反），小心行事才能遠離危險，每向外踏一步，都要先用火照過那裡，確認沒有會吃人的東西。

野外形塑了人類的行為模式，然後人發展出文明，漸漸淡化它。

平順的生活使人鈍化，有些人享受安逸，進入物質欲望的循環，有些人覺得這樣活著不太對勁。「上山找罪受」不只是登山者的自嘲，它可能是隱藏的動機。跋涉到離開文明、由野性治理的山上，在困難的情境中重新武裝起來，召喚出一顆更原始的心靈，去掃蕩前方的阻礙。

過程中會產生一種強度很高的感受，叫做「克服」（overcome），那幾乎不輸性的高潮。

突破困境會帶給人自信，重生的快感讓人上癮。為了品嚐它，登山者一次次把自己丟回山上，他或許不知道自己爬山是為了「這個」，但同樣無法解釋為何每次在疲憊不堪的下山路發誓再也不爬山了！回到家，幾天後又開始研究下一條路線。

我們在危險邊緣行走，讓感官保持銳利。躺在沙發上看一部冒險片能滋潤想像，但真正恐怖的滋味，藏在荒野中。

那是三級警戒結束後的秋天，我跟詹哥重返池上，身邊多了一群朋友，要陪他完成意義不凡的「完百之旅」。一樣搭普悠瑪號從台北下來，太魯閣號出事的路段已經修好了，列車在池上北邊的玉里站停歇。我盯著車窗外的小鎮，七天後會從這裡北返，上車前也許能吃碗玉里麵。

普悠瑪號的冷氣很冷，秋陽烘托著乘客的睡意。向海岸山脈的方向眺望，地平線的前景可見秀姑巒溪的身影，鐵軌和溪床並行了好長一段路，像一對要去泛舟的玩伴；隔開它們的是翠綠的田和空曠的景，流動的景色在花東縱谷間綿延。

縱谷冷眼旁觀人間的劇變。我們登完雲峰後，在池上的月台約定夏天回來完百，詹哥的第一百座山——布拉克桑山，就在南二段分岔出去的山稜上。兩人打算把當初一同登山的夥伴都邀回來，大家熱熱鬧鬧幫詹哥慶祝！

五月時疫情驟起，三級警戒把一座座山都封了起來，也封住公園的盪鞦韆、餐廳的入口和路人的臉龐。隔離的日子，每天被晦暗的情緒壓得心很沉，社會退回半原始狀態，鄰居們懼怕彼此，擔心被對方感染，上山的事變得無關緊要了……

夏末警戒降級，政府重新開放步道與山屋。我們把夥伴從病毒手中一個個找回來，彷彿末日後找回一個個生還的人類，大夥舉著火把一同走出洞口，凝視被病毒洗禮過的地球。晴暖的九月天，眾人背著登山包在池上月台碰面時，戴著口罩的臉上除了好久不見，更有歷劫歸來的風霜。

老闆娘的大兒子開著車身印有嘉明湖圖案的車來接駁，二兒子在民宿客廳烘著豆子。晚上我們在田野間騎單車夜遊，我把口罩拿下來，呼吸著新鮮的空氣，原來大口呼吸是一件這麼爽快的事。

前往布拉克桑山的路途前半段與雲峰重疊，要行至「南二段新康三叉路口」才會分開。之於我和詹哥，就像重溫了春天時一半的記憶，我們被載往同一座市場吃早餐，買飯糰當行動糧；行經同一條南橫公路抵達向陽森林遊樂區的入口，狗剛伸完懶腰，靠在石牆邊打盹。

好像 Déjà vu 啊！不同的是我比四個多月前更珍惜與人交流的感覺，內向者也需要朋友。

十多人的隊伍在山徑中拆成幾個小群，繞過向陽大崩壁，前後的距離開始拉長。同行者有編輯、策展人、詩人和音樂家，大多是登山前就認識的朋友，因為一起上過山，更了解彼此，曾在難關前見過對方的本心。口罩不再是標配，我踩著久未有人跡的山路，想起了什麼是「味道」。

當晚夜宿嘉明湖山屋旁的營地，山屋封閉多時，有一股蕭瑟的氣氛，因為容量降載了，沒有其他登山隊。詹哥整晚興致高昂，在管理員室和協作暢飲到很晚。我聽他聊著過往的山行，最精采的總是平安脫出的故事，我通常也是劇中人，慘痛的情節都淡忘了，選擇留下的都是美好的回憶。

隔日在雲海中踏上三叉山腰的綠色地毯，徐徐推進至布新營地，搭好帳篷再換上攻頂包，沿著花蓮和台東的交界、中央山脈一條南伸的支稜前行。布拉克桑山位在迢遙的深處，詹哥一路走在後面，他昨夜喝到太晚，起步時有點精神不濟。

我回頭看他，那張堅定的臉浮現出我熟悉的表情。他正默默與身體對話，找出一種力量把自己提升起來。

終於在太陽升到至高點時，詹哥瞇起眼睛、喘著氣，在眾人的歡呼聲中登上他第一百座山。「恭喜！」我抱住他，我知道這中間有多辛苦。

往返布拉克桑山花了十三小時，比雲峰還久，走回營地大家都累癱了，晚餐簡單解決，就紛紛鑽進帳篷休息。梭羅在《湖濱散記》寫過：「我在清晨醒來，內心充滿著晨光。」這是大隊隔天的心情寫照，他們將沿原路下山，被載回池上，晚上就能回到台北。

但那不是我要走的路。我和另一名隊員將由領隊帶領，在深山裡再走四天，最終下切八通關古道，完成艱鉅的新康橫斷路線。溫潤的晨光中，拆開來的隊伍在營地兩端揮手道別，又是個分手的時刻。

三人小隊移動起來比較迅捷，從「布新岔路口」往東行，地勢變得破碎難走，速度降了下來。桃源營地是這兩天最後的水源處，每人多背了好幾公斤的水，重裝強渡海拔三一三六公尺的連理山。

別被它浪漫的山名給騙了，巨石和樹根覆蓋著碩大的山體，路開得極陡，攀爬的過程覺得這座山根本不歡迎你，只想把你甩開。登頂時我又氣又累，幾乎去了半條命。

三人加起來背了十多公斤的水，好處是不一定要推到預定的宿營點，隨時都可紮營。領隊在連理山頂翻開地圖，像個老練的偵探，辨認出等高線上有一小塊營地，就在東側不遠處。我們加足馬力走入一座清涼的森林，林間的確有平緩的腹地可以過夜，無風、無蟲，而且非常乾燥。

三對眼睛你看看我，我看看你，不用多說，就是這了！領隊和另一名隊友在樹幹間拉起天幕，我把單人帳搭在旁邊，懶得敲營釘了，脫掉登山靴滾了進去，就這樣經歷了第一次「迫降」。

旅程進入第五天，一樣天未亮就摸起早黑，把蜂蜜蛋糕往嘴裡塞就火速拔營了，帶著濃濃的睡意攻往大名鼎鼎的新康山。當我們站上雄壯的山頭，接通的手機訊號傳來驚慌的消息：「親愛的山友您好，燦樹颱風已發佈海警，請盡速下山！」

這下如何是好？

行前研判天氣，知道有個秋颱可能在太平洋上形成，花東首當其衝。或許是全球氣候異常的緣故，颱風生成的速度超乎預期，影響到行程。我從未接過這種離園警報，心情一陣緊張，領隊要我們穩住，他說三個人的腳程都不差，要避開風雨最好提早一天踢出去！

提早一天代表行程縮減了二十四小時，徒步變成**趕路**，再美的風景都成為視線中模糊的剪影。三人憂心忡忡從新康山頂直下八通關古道，我的膝蓋在斜坡上求饒，幾個鐘頭內下切了一千六百多公尺！在天完全暗下的那刻，聽見伊霍霍爾溪湍急的水聲，趕抵抱崖山屋。

我想像著明天各種最壞的結果，一夜無眠。

雨終究是避不開的，像一場瘟疫在凌晨三點落下，風隨後而至。天災的可怕在於對人心的壓迫，明白自己對周遭的一切無能為力。人重回史前，為了生存緊緊凝聚在一起，三人肅穆地點亮頭燈，像生命共同體走上八通關古道東段。

古道中飄蕩著各種山林氣味，更有勃發的生機，所有活物好像都知曉颱風的到來，亢奮地發出聲音迎接它——吶喊、鳴叫、啼哭，甚至歡聲雷動！牠們需要災難的刺激，我們則在聲音的劇場中行路，被風雨追著跑。

氤氳的水氣很快穿透了雨衣，把皮膚染濕。遺傳的警戒心這時完全啟動了，黎明微光下，我察覺四周有什麼東西蠢蠢欲動著，噁心的螞蝗一窩一窩從樹梢、石壁、腳下的草地鑽入我的身體，大口吸著血，膨脹自己暗紅的身軀。

我屁股刺痛難耐，停下來抓蟲，一脫下褲子，就像女生月經來潮沾了一灘血，螞蝗已脹到硬幣般的大小，口器深深扎進皮膚，持續從四面八方湧到我身上。操！我究竟是來爬山還是來逃難的？

有一本書叫《忘了自己是動物的人類》，書中寫道：「作為動物本身就代表恐懼。與其他生物一樣，人類的身體會受傷。」螞蝗激起我天生的厭惡，不只是牠長得面目可憎，更是人對「失血」這件事本質上的懼怕。

天總算亮開了，光線帶走了一點害怕，但敵人依然在暗處等著出擊。領隊揮著登山杖在前面尋找路跡，隊友跟在後面維持警覺，我不時轉身回望漸強的風雨。身心都在崩潰的邊緣，靈魂在痛苦中劇烈搖晃著，奇妙的是，我同時感受到一種深刻的清醒，好像碰觸到某種極限而振奮！

我們從抱崖、瓦拉米、佳心到山風，每過一處駐在所又更接近平安之地。三十公里的離山路，用十小時闖了出去，看到接駁車那刻差點跪下。司機喝著他的保力達B，一派悠閒開過雨中的田，完全不清楚車上的三人剛剛經歷了什麼。

我在玉里車站門口狼狽地蹲著，縱走永遠不照劇本走，提早一天來到了這裡。大腿上仍有幾隻螞蝗黏著，我把牠們拔出來，踩死。暴風圈就要籠罩這座小鎮，我抬頭望著陰森森的天空，哪還有心情去吃玉里麵呢……

最遙遠的地方

鹿山　二九八一公尺

清晨的圓峰山屋，木頭牆板抵禦著山坳裡的寒氣。天快亮的時候最冷，尤其在這樣的海拔——三六九四公尺。

這棟小屋只供十多人過夜，蓋成尖尖的三角形，是台灣最高的山屋。我從睡袋鑽出來，昨晚睡著的時間應該不到兩小時吧？在高山深眠是很奢侈的，總是睡睡醒醒，一夢接著一夢。身體百般不情願地陪我鑽出睡袋，它很敏感，已預知今天的操勞。

山屋內人都走光了，天還沒亮就出發去攻頂，他們把大背包靠在牆角，下山時再進來拿。一般說來，攀登「後四峰」的隊伍不會像我們這麼晚還沒出發，但我們目標單純——只取鹿山，時間上有些餘裕。出發前能東摸西摸，這在山上是大幸福。

我雖然沒睡飽，心情是期待又興奮，就像Oasis的主唱在〈Wonderwall〉裡唱的：「Today is gonna be the day...」只希望自己的狀態比昨天好一些。

兩個隊友一個在煮水，一個把即溶咖啡包撕開，倒進金屬杯，一股香氣溢散開來。他們下半身都裹著溫暖的睡袋，上半身蜷縮著，像兩個半開的蛹。登山不難，難的是起床，我戴上頭燈，出去取水。

水塔依偎在山屋旁，是一個更小的三角形。高海拔的黎明冰冷如月球，出水口上覆了一層霜，那些白花花的東西忽然在眼前活了起來，一路蔓延到我腳下的土丘，山屋旁的石徑，最後爬上山脊邊遼闊的刺柏林。我提著喝飽的水袋起身，頭燈光束掃過周遭的巨木，亮晃晃的像一片銀色聖誕樹，頂著一月的寒冰。

壯觀與恐怖只有一線之隔，自然的成像不斷放大時，會吞沒你。我快步閃回山屋，把門緊緊拉上。

這是我第五次背著重裝翻上圓峰山屋，卻是最吃力的一次。山行會消耗元氣，不久前走完艱苦的北二段無明山、甘薯峰行程，下山後虛弱無力，竟然確診了。此行帶著才恢復一半的嗅覺、味覺，還有被病毒攻擊過的肺重回山裡，上坡走得力不從心，身體好像被誰綁架了。

不管綁架我的是誰，拜託，今日請手下留情。

圓峰山屋是攀登玉山後四峰的基地，後四峰指的是玉山南峰、南玉山、東小南山與鹿山。比圓峰山屋低了三百公尺，名氣更響亮的排雲山莊，則是探查「前五峰」的哨點，它們是玉山主峰、東峰、西峰、北峰與前峰。

這九座百岳在玉山山脈沿線星羅棋布，一座比一座崇高，像一群道行高深的神仙。官方版的玉山群峰地圖，完成九座百岳只要五天四夜，製圖者註明「以排雲山莊及圓峰山屋為基地做放射性攀登」。坊間的商業隊也推出五天的玉山群峰行程，報名者在山下的管理站給值班人員檢查過身分證，坐上白色接駁車（車資一百，請事先備妥），從塔塔加鞍部的登山口走過孟祿亭、觀景台和大峭壁，走過一座一座便橋與棧道，抵達排雲山莊。

接下來，如巴布．狄倫在紀錄片《Dont Look Back》的姿態，頭也不回地撿著山頭。這種只以「攻頂」為目標的走法，把時間壓縮到極致，需要強大的體能為後盾，而天氣也得幫忙。我登山的朋友中不乏高手，沒有人真的來一次就能拿下那九座山，不過也無人跟我一樣得來到第九次，都快追上國父革命的次數了！

壞天氣、高山症、步行途中意外受傷，各種因素構成撤退的結果。回想起來，我沒有一趟玉山行能完成事前的計畫，離開山腳時說的再見，真的是 see you next time …

但我不氣餒，壯闊的玉山山域一來再來，終於只剩最遠的鹿山。有時候「不順利」反而讓人收穫更多，年復一年回到塔塔加鞍部，我和玉山重談一場戀愛，見過它不同季節的面容：春天的山徑旁開滿了野花，夏天靠在大白木邊乘涼，秋天遠眺明亮的星夜，寒冬走在雨中覺得精神抖擻。

我在山裡感受到歲月的流轉，九次沒有一次相同的隊友組合。

來去的次數多了，會默記每座橋的編號與相對應的路段，知道走到排雲前大概要經過幾個轉彎，別高興得太早。排雲山莊的木棧板永遠站滿了人，像個小型社交場，有人邊聊天邊塗防曬油，有人調整著背包肩帶，有人喜歡找莊主抬槓，詢問前方的路況。我第一次入住時盯著牆上的地圖，後四峰幾乎要掉到畫面外了，彷彿在另一個國度。

從排雲通往圓峰山屋要過一條橫渡的上切路，沿著山腰繞行，不算太陡但暴露感很強；一側是裸岩，一側是傾斜的石坡，走在上面有峰峰相連的展望。

有一次我和隊友太晚動身，入夜後才翻越這條橫渡路，山谷裡風起雲湧，兩人戴著頭燈，一前一後像漫步在太空，要去神祕的行星挖礦。下方的地壘懸浮著一個發光的長方盒子，就是排雲山莊，伙食差強人意，倒是 Wi-Fi 訊號愈來愈強。

前幾回來圓峰都在山屋旁的谷地紮營，那裡地勢高，容易颳起大風，我看過山友蹲在帳篷前抱住頭，被高山症逼退。明明有山屋為何還要露營呢？一來能避開山屋裡窸窣窣的聲響：鄰鋪驚人的鼾聲啦，炊具的碰撞聲，吵鬧如夜市的喧嘩聲等等。

更重要的是——營位比床位好抽！想不到吧，爬山會把人訓練成抽籤高手。

這次申請的依然是露營許可，屋裡的人要我們別再搭帳了，住進去比較舒服，他們說有一支中籤的隊伍行程取消，床位空了出來。山上的人情總是特別暖心，暖的還有鍋爐邊水蒸氣的餘溫、手裡的咖啡，以及我們遲遲不願脫下的羽絨衣。

不行，撐得夠晚了！該出去面對現實。三人換上登山衣褲，把大背包打好立起，背上各自的攻頂包，撥開瀰漫在屋外白茫茫的一團霧。

初升的太陽像一艘鬼鬼祟祟的飛碟隱蔽在雲霧中，替大地打上黃光。我們朝氣勢磅礡的玉山南稜前行，高聳的南峰在一道刃脊上隆起，輪廓好像劍龍的骨板。這幅野生風景喚醒行路人的警覺，接下來可不是玉山主峰那樣的大眾路線了，過關需要一點本事。

太陽緩緩向上移動，溫度稍稍回升，嶙峋的三叉峰旁鑓進了幾條鐵鍊，三人輕輕拉著通過一段瘦稜，在山嶺間上上下下繞過了越嶺點，站上海拔三八〇〇公尺的南峰登山口。霎時天光大亮，一陣狂風吹過山壁，像上帝用刷子掃開地表的灰塵，揭露出這奇異空間所有的燦爛與美。

明晰的天空，隨風飄動的雲海，匍匐的刺柏和挺立的圓柏像數以萬計的綠色動物在山壁上集會。波蘭攀登家歐特克．克提卡（Voytek Kurtyka）說過：「美是通往另一個世界的門。」

此刻我就佇立在那扇門前，眺望著難以名狀的美。

我同時眺望著讓人畏懼的「另一個世界」，與自己未來的位置。鹿山海拔二九八一公尺，是百岳中唯一不到三千公尺的山峰，「登頂」是一路向下走，從南峰登山口沿著一條孤立支稜的尾端，下降八百公尺逆攀到荖濃溪前。

沿途全是帶刺植物埋伏在山徑兩側，沒事就要戳你一下！得像施展軟骨功那樣把自己收納起來，閃過樹的攻擊。

以為腳邊安全了，冷杉的側枝立刻敲在腦袋，心裡又是一陣咒罵！冷門的山常是這樣，提供給人更多折磨與數不完的假山頭，連峰在一望無際的視野中降到東邊的谷地，這條山巒的縱列，究竟哪一座才是鹿山？透視法在這兒不管用了，行到意志枯竭時，立體的山群成為平面的寫生，未來一直不來。

總算在中午前我們邁過一片平坦得像高爾夫球場果嶺的草原，經延伸的尾稜抵達鹿山。它藏身在濃密的林子裡，三面環溪，對岸矗立著南二段的達芬尖山。偏遠的鹿山頂並沒有**鹿**，根據布農族獵人朋友的說法，鹿山是日本人取的名字，取自布農族語「玉山圓柏」的音譯，因為這一帶長滿了圓柏。

這也說明鹿山的英文是「Mountain Lu」，而不是「Mountain Deer」。

來到夢寐以求的山頭，很開心吧？拍完攻頂照我忍不住嘆了口氣，把裝備扔在一旁，坐下來用百分之五十的味覺啃著麵包，感受著百分之五十的登頂喜悅。既然登頂是下坡，「下山」就得往上，先甘後苦可是大苦！

回程是上升八百公尺的苦行，三人在高峰與危崖間穿梭，頂著翻騰的冷風跨越綠巨人的肩膀。盤踞在山口的劍龍黃昏時化身為暴龍，張著血盆大口要把人拋下山崖。最終走到天黑，氣力放盡返回圓峰山屋。

唉，起床不難，登山才難。

眾人累得晚餐都不想開伙了，隨便往嘴裡塞了些乾糧就當吃過一頓。凍寒的氣溫讓常駐此地的黃喉貂沒出來覓食，我全副武裝穿成米其林寶寶，到山丘上的生態廁所蹲著，穹頂有一顆夜星劃過。

隔天下探零度，三人餓著肚子踏過結冰的營地，踩著覆雪道橫渡回排雲。路徑旁的殘冰隨著海拔降低消融，森林裡依舊寒冷，迎面走來一隊要去登主峰的山友，雀躍地向我們道早安。

我想起多年前初訪玉山的情景，是一個下雪的晚春，我踩著冰爪站上台灣最高點，濃霧中四處張望，那時鹿山仍在遙不可及的遠方。

來去中央尖

中央尖山　三七〇五公尺

我還記得那種不甘心的感覺，就差這麼一點了……

那是我開始登山的第一年，走過合歡群峰、武陵四秀、奇萊主北，標準的新手漸進式行程，按照這樣的進度，接下來會鎖定南湖群峰。很多人都說南湖那裡有台灣最漂亮的山景，藏在那座神祕的圈谷。

我們請了一位幫忙煮飯的協作，叫阿偉，他背了二十多公斤的伙食，依然步履如飛走在我們前面，感覺像在湖面點水，鞋子都不會落到水線下。他和其他幹這行的一樣，看不太出年紀，問他爬山多久了，他只淺淺笑說，恁爸百岳完成兩輪啦！

當時我的百岳還不到十座，完百簡直是異想天開。每次被主揪的詹哥拉上山，只覺得有個正當理由能暫停工作幾天，把自己從桌椅間抽出來，到山裡舒展筋骨，對身體和心理都是健康的事。

南湖是極有人氣的路線，沿途的路跡被踩得很清楚，經驗不多的隊伍，照著地圖和路標走也不太會出錯。遇到比較複雜的路段，阿偉會回過身確認我們走在正路上。輕裝登頂南湖大山的早晨，按計畫要繼續去取南湖南峰，它在官方訂定的百岳分級表是一座C級山。

百岳分級提供入山者難度的參考，分為A、B、C、C⁺。那時我攀登過最高級別的山是奇萊北峰的B級，已經很具挑戰性了，菜鳥想越級打怪，真是不知天高地厚。

翻上南峰前有一條寬大的岩溝，好像裝了全世界的石頭，不是小顆易滑的碎石，是那種又尖又粗的巨礫，需要貼著山壁「抱石」而上。氣喘吁吁爬到頂端，與山頂之間還有一條高危的橫渡路，閞得又窄又陡，人與斷崖只有兩個腳掌寬。我幾乎要蹲下來走，才能克服隨時要掉下去的錯覺。

雙腿發著抖抵達南峰，一站上山頂我立刻坐下。它是一顆尖聳的山頭，腹地很小，四面都是危崖，暴露感更勝剛才的橫渡路！我牢牢抱住那根刻著「南湖南峰」的木樁，一動都不敢動，就怕一站起來會天旋地轉。往南方的山脊望，另一座百岳巴巴山聳立在旁，原本是下一個目標。

隊友們不像我那麼懼高，登頂時也都去了半條命，一致同意放過巴巴山吧！有機會下回再來。我坐在那，巴巴山像抹茶冰淇淋的山體彷佛真的觸手可及，只要伸出手，就能摸到冰涼的表面。地圖說來回只需一百一十分鐘，這樣過門不入真讓人捶心肝。

但我當下其實更想伸出手呼叫直升機，直接把我送回圈谷裡的山屋。下山遠比上山艱難，會有更恐怖的視覺感，我無法想像剛剛的路還得再走一次。至於一路從南邊俯瞰著我們的中央尖山（C⁺級），更是想都不敢想……

劇作家查理．考夫曼執導的電影《我想結束這一切》裡有一句話：「人們認為自己是在時間的洪流裡前行的一點，我覺得情況應該相反，我們是靜止不動的，時間在身邊流逝。」

或許某個次元裡，我依然坐在南峰的頂端，身旁物換星移，我旁觀世界的變動。登山第一年結束後，就進入第二年，接著是第三年，我的生活本質上沒有太大的改變，住在同一個頂樓，日復一日進行著文字勞動。不過卻多了山上那個維度，每隔一段時間能夠走進去，喚醒另一個自我的版本。

世界的變動反映在數字上：我在陽台跨了八次年，煙火從絢爛歸於平凡。iPhone 從

6s升級到14，巷口的雞腿便當從八十元漲到一百二十元。COVID-19帶走了地球上七百多萬人，疫情發生前我去了一趟巴基斯坦，在K2基地營站上人生最高的海拔。

而四十歲前後，擁抱又放開了兩段感情。時光靜靜地來，又靜靜地走，我被山訓練得愈來愈淡定。

就在搭捷運終於能脫下口罩的那個星期，我坐在一輛轎車前座，準備被載回南湖山域。我的心情很平靜，過去八年在山上經歷過許多了，某些方面也許已經不是同一個人。

開車的叫阿萬，從前是阿杰的同事，在同一家戶外用品店做事；他已完百，有空就幫愛爬山的朋友接駁，自己順道遊山玩水。阿萬原本要開更大的廂型車來接，出發前幾天我們忽然少了一半的人，家裡的貓生病啦、老婆不准假啦、小孩要期中考這些頗具說服力的理由。

大家常說登山這件事，出發就成功了一半，真是很有道理。

六人隊伍縮減為三人，兩個隊友擠在後座，把我的大背包夾在中間。恒彬是苗栗人，不久前陪我遠征過鹿山，而那次無明山、甘薯峰的苦旅也是跟他一起。國棟家住台中，和我走過聖稜線、南一段，是我在台灣爬過山的朋友中實力最強的一人。

好的隊友帶你上天堂，此行我信心滿滿！

車過雪隧進到宜蘭，沿著蘭陽溪開過四季部落與南山村，隔著一座泰雅大橋，對岸就是三星鄉。這條路我這幾年時常往返，爬山之外，去「張雨生之家」拜訪張媽媽也走這裡。山路兩側全是高麗菜園，河床上種滿了西瓜，沉甸甸的砂石車開得塵土飛揚。

阿萬在車裡播著茄子蛋的〈閣愛妳一擺〉，說話時剛好搭上鼓的節奏：「三個人的隊伍最好了！你們一個墜崖的話，一個留下來陪伴，另一個去求救。」

每個上山者都不認為出事的會是自己，但除了把自己照顧好，也沒有更有效的預防措施。登山就是一件「試過才知道」的事，只能藉由知識、經驗與平常的鍛鍊，盡量把風險降到最低。

以前我可能覺得上山前聽到這種話挺觸楣頭的，現在傳進耳裡的是善意的提醒——你就要回到「那個維度」了，得全神貫注才行。

三人被放到勝光登山口，阿萬幫忙拍了張動身照，他笑說別走太快呀，六天後再來接你們。這次走的是南湖群峰加中央尖山的北一段路線，以順時鐘方式在中央山脈北緣繞一圈，返回勝光。恒彬和國棟都不是第一次來這條路線，途中的八座百岳也都有尚未登上的山，我們對比缺漏的山頭，竟然沒有相同的組合。

百岳進行到下半場自然會遇見這樣的夥伴，大家目標接近、實力相仿，一起把未完的山補齊。一條路當你下定決心往前走，就會有人過來加入你。

第一天的路和我記憶中的差不多，歧異的地方是林道的上切點往前移了，原來的入口因崩塌而封藏，前方開了個新的。起步時以為是捷徑，走上去才知道繞了點路，到達松風嶺剛好是中午，太陽的光影和鳥兒在綠色隧道中共舞。我們在晴空下用餐，研究各自帶的零食，好像小學生在遠足。

這個春天久旱不雨，山上愈來愈乾，幸好雲稜山莊的水塔還有一些儲水。雖然沿途的山屋都能搭伙，我們伙食全部自理，晚餐時段把炊煮道具拿出來，在山屋旁的木棧板煮著個人份的食物：泡麵、麥片、乾燥飯。

這些「料理」看起來和吃起來都有一種可憐的感覺。「啊？你們就吃這樣喔！」搭伙的山友捧著碗裡的鹹豬肉和番茄炒蛋經過我們時，冷不防丟來這句。

對啊！就吃這樣。可以用錢解決的事，卻選擇自行解決，是想確認自己在山裡是否真的成長了。不過實話實說，我很想念當年阿偉煮的味噌貢丸湯。

詹哥後來擔任《群山之島與不去會死的他們》的製作人，拍攝時跟著劇組走完了北一段，這是我倆少數分開的山行。他完百後成為我的天氣顧問，每次上山前都會請他掐指一算此行宜是不宜。他鐵口直斷，很少失準，是淋過好多雨鍛鍊出來的。

第二天我們在山屋摸到很晚才出發，沿路超過了先行的大隊。一開始的黑森林比我記得的要陡，人果然會消滅痛苦的回憶。鑽出樹林踏上稜線時，開闊的審馬陣草原讓人心曠神怡，視野向前方無限延展。

我大喊了一聲：「我回來了！」

壯絕的中央尖山在天際下回應道：「在這等你！」

三人繼續向前，通過了五岩峰，岩壁上的杜鵑一株比一株口渴，枯萎的花苞垂落下來，是個清冷的花季。順著岩峰的起伏來到地勢轉折處，景色豁然開朗，眼前出現一個巨大的V字型，好像神用來丈量時間的尺標，斑斑駁駁的刻度留下一個個滄桑的記號，南湖圈谷到了！

沒人能忘記第一次走到這裡的感受——原來台灣有這麼美的地方。山的輪廓與樹木的線條構成一幅抒情又宏偉的景觀，圈谷像個幽深的容器，可以包容一切。而容器底部沉落了一顆紅色卵石，在日照下散發著光澤，是接納來訪者的南湖山莊。

我們踩著碎石坡下降到谷底，過程中聽著野地脈動。山屋裡還沒有別的隊伍進駐，午後靜悄悄的，沒來的隊員讓我們多了三個床位，每人空間加倍，有住宿升級的快感。以前山屋後方還有小溪流過，近年溪乾涸了，水源線愈降愈低，得下切到深谷的山澗去取水。

小隊在荒涼的石地上往返，背著珍貴的水翻回草坡，一隻公水鹿在稜線上觀察我們的動靜，有一股獸的氣息飄了過來。

隔日國棟和恒彬在我熟睡時去取馬比杉山，像潛行的忍者，離開時沒驚動到我。難得一整天沒有行程，我睡到自然醒，悠悠哉哉地刷牙、上廁所，在屋外曬著太陽弄早餐給自己吃。馬比杉山位置荒遠，他倆腳程再快也要花上半天，這段空檔我該做什麼呢？

當我意識到自己在煩惱**這個**，不禁笑了出來——我置身在一個生氣勃勃的場所啊！無所事事可是一種福氣。山上的日子不是用來「打發」的，要用五感去體會。

我拎著水壺和一件夾克，像孤獨的巡山員，探看自己神聖的領地。從山屋所在的下圈谷攀上鞍部，陽光沒入漸厚的雲層中，一團白霧咻咻咻從山坳處湧來，瞬間伸手不見五指。我讓隱現的樹影幫忙指路，沿著獸徑轉入稜脈另一側的上圈谷，它清麗耀眼不染塵埃，彷彿一個完美的投影。

在幕後打光的人是誰呢？自然的劇場中有一位燈光師，我羨慕他的靈感。

南湖大山三人都登過了，但北一段不能少它。第四天眾人在主脊上輕快折返，與「**南湖大山三七四二公尺**」的木椿合影，背景的天幕是一片藍澄澄的光。接下來到南峰的路段就像在眼前重新渲染出來，一格一格貼合著我八年前的記憶：廢棄的山屋，長滿青苔的森林，像動物化石的巨岩。

我冷靜地走過那條橫渡路，不知不覺就站上了南峰頂，我走到崖邊向下望，腳竟然不會發抖。曾經的深淵扁平化了，它其實一樣危險，我只是比從前更知道如何化解那種致命的感覺，用經驗構成的麻木。

三人貼著峭壁攻上巴巴山，我第八十八座百岳！這可不是安排好的。

返回卸下大背包的岔路口，三個骯髒的屁股卡在石縫間把午餐吃完，抹抹嘴巴便瞄準西南方的谷地，加快下行的速度準備渡溪。中央尖山屹立在崇山峻嶺間，像一座偉大的金字塔，發散著某種引力，把人的魂魄都吸了過去。

傍晚我們圍坐在溪邊烹煮，林間落葉紛飛，起風後皮膚會冷，我躲回帳篷泡了一杯熱巧克力。中央尖山恒彬去過了，明日就我和國棟同行，約定的起床時間很早，我躺在睡袋裡聽著〈Merry Christmas Mr. Lawrence〉，坂本龍一過世後，聽來像一首全新的曲子。

國棟三點整就等在我的帳門前，我晚起了些，吞了半碗粥趕緊穿上鞋子，戴著防寒手套跟在他後面。兩人沿溪谷上溯，枯水期的好處是水位不高，踩著石頭在溪床上東跳西跳不太會弄濕登山靴。遇到跳不過的高低落差，就鑽入茂密的林子找路。

大地是一片黑，蟲魚鳥獸都在深眠，耳邊只有溪水淙淙的聲音，偶爾夾帶枯枝被踩斷的劈啪聲。國棟的個頭不高，步伐又沉又穩，他在龐大的錐體上搜索可行的通道，帶我一路躍升，並在我就要開口喊停之前停下腳步，陪我直視夜的本色。

我們安靜地夜攀，漫漫長路中，彼此的動態合而為一，既是默契也是預感，知道對方什麼時候想休息，哪些地形習慣加速，甚至同時看出一條隱沒的路跡。兩人的體感牽動著彼此，所有的溝通都不是靠語言。

中央尖溪的源頭是一塊陷落的高地，再往上行就乾燥無水，地勢漸漸變寬。原先躲在濃郁墨色中的山影，一寸一寸被朝陽點亮，總算能看清楚我們腳下這條山溝了，它寬得像巨人的溜滑梯，直通上方的鞍部，而山凹後方浮著一圈光暈，隨著太陽的角度變換位置。

目標明明就在那裡，路卻愈走愈長，我的呼吸急促起來，有點沉不住氣了。國棟停了下來，在高處向我喊道：「就快到了，加油！」在我仰望的視角中，他也像個巨人。

翻上鞍部後是一片平緩的草地，離登頂只剩四十多分鐘的路程。我們在七點十五分登上海拔三七〇五公尺的中央尖山，我恍恍惚惚以為這又是一場投影，四周崇偉的山群、無瑕的藍天，都生動得沒有破綻。直到腳邊浮現了自己的影子。

「恭喜！快九十座了。」國棟幫我拍了攻頂照，兩個人也可以是最好的隊伍。

下行比上攀快，途中會經過幾座崩崖，徒步的時候仍得謹慎。我們在山溝陸續和其他小隊交會，他們一群一群上來攻頂，體會著我不久前的心情。我和國棟沿原路返回營地，恒彬在帳篷裡享受著清閒，這一趟大功告成了！北一段在我們心裡從此一樣完整。

三人在正午拔營溯溪，續走水路到香菇寮營地，趁午後還有陽光跳進溪裡洗澡。最後一天在寒夜裡動身，體力被中央尖山吸走了大半，我在越嶺道上費力走著，每一步都感覺到自己。

翻回木杆鞍部時天氣開始轉壞，三人在斜風細雨中趕路，重回紛擾的人間。我怎麼又快走到崩潰了？疲勞指數像火箭飆升，親切的來時路此刻在面前張牙舞爪，我壓住各種負面情緒，想著再撐一會兒就能喝到接駁車上的蘋果西打，說不定阿萬還會載我們去三星吃蔥餅呢。

某些方面，其實我一點都沒變。

我們在公路邊換回乾淨的衣服，皮膚上還沾著泥土的味道。我珍惜這種縱走結束的時刻，人生重新開始別無所求。車往宜蘭的方向開，思源埡口依然下著雨。

登山是一種迷幻藥

合歡東峰　三四二一公尺

我第一次體會到下山後的失落，是從小溪營地回來的晚上。

小溪營地海拔三二五〇公尺，是攻上合歡北峰前的基地。合歡北峰是一座平易近人的百岳，當天可以往返，若在營地先住一晚，攀登過程會更輕鬆，新手也能體驗高山露營的滋味。

那時我是不折不扣的新手，除了登山靴，整身裝備都是借來的，就這樣懵懵懂懂參加了三天兩夜的行程。第一天從台北搭接駁車到滑雪山莊過夜，做高度適應，第二天輕裝來回合歡東峰——我第一座百岳！回山莊取大背包，再搭車到鄰近的北峰登山口，慢慢走向小溪營地。

小溪營地後來有許多商業隊進駐，佔用國家的地做起生意，當局開始取締。我們去的那年情況還算單純，隊伍不多，環境也未遭破壞。營地位在一片青翠的箭竹草原中央，像凹下去的水缸，下雨時感覺可以養魚。

大夥七手八腳把帳篷搭好（喂！這根營柱要插哪邊啊？），然後開始烹煮。我還不習慣在那樣的高度吃飯，沒什麼胃口。餐後懂星象的隊友展開星座教學，眾人把頭燈關掉，跟著她的手勢端詳春天的星空。

來，這邊是北斗七星喔，那邊是獅子座。

多數人都是初次在三千公尺的山域過夜，驟降的氣溫和忽然颳起的強風，很快把觀星者都趕回了帳篷。我和一名隊友擠在軟塌塌的雙人帳，隔著睡袋取暖，我整晚神智不清地搞不懂自己究竟睡著了沒？只覺得腳底板快凍僵了，空氣像冰鎮過的針扎著我的臉龐，隱隱約約還聽見隔壁帳發出聲音，不知道是夢話還是氣話。

「頭好痛喔……」

「快冷死了。」

「再也不來爬山了啦！」

我躺在睡墊上左翻右翻，以為已經過了好幾個鐘頭，點亮手錶的夜光一看——哇！怎麼只過了四十五分鐘……這到底怎麼一回事？

時間的錯亂影響了對距離的覺知，我被拋進一個混沌的時空，在裡頭胡思亂想：明明昨天上午才從家裡出發的啊，為何像是上個世紀，發生在另一顆星球的事？我漂浮在半夢半醒的狀態，體感上，比女友提分手的夜晚還要漫長。

朦朧之中，我編織起幻覺，大熊座和獅子座在帳篷上演著皮影戲，要帶我飛離這片無眠的草原。

隔天清晨全隊像從一座孤島上被撈起，每個人都冷得打顫，在草坡上站成一排等著被太陽救贖。拔營後，我跟在大隊後面登上合歡北峰，領隊像旅行團的導遊把大家集合起來，拍了張到此一遊的合照，接下來就一路走回登山口。

這時，一個微小的奇蹟發生了……下山的路途，我完全不覺得自己是個徹夜未眠的人。我步伐輕盈，心情滿足而歡喜，全身肌肉柔韌且富含力量。更奇特的是，我的腦袋清澈無比。

美國作家彼得·馬修森當過特工，他在一九六〇年代率先嘗試了LSD迷幻藥，體驗改變心智的能力。後來他與一位生物學家同行，前往喜馬拉雅山脊尋找高貴的動物雪豹，在自然書寫的經典作《雪豹》中描述道：「是不是高度使然？我感覺開朗、清明，再度像個小孩子。」

那不過是我第一次上山（或許正因為是第一次上山），身體傳來的訊息顛覆了過往的認知——原來人不需要睡那麼多覺，甚至不用吃得太飽。自然中蘊藏一種能量，能穩住你的核心。

大夥在中午下到登山口，都開心得不得了！司機沿台14甲開過武嶺、清境農場，載我們到埔里吃了頓豐盛的慶功宴，然後駛上國道3號返回台北。隊員像遊覽車上的小學生，亢奮地聊著剛結束的荒島歷險記，不過這兩天的事，感覺已像另一個世紀，另一顆星球的回憶。

進城時剛好是傍晚，天還未完全暗下，夕陽的光線灑在水泥叢林的樹冠層，空氣中流動著一股曖昧的氣息。

馬路上擠滿了人，全是剛下班或剛下課的，拎著包包要從一個地方趕往下一個地方。我突然覺得這樣的場面好陌生，甚至有點詭異，他們面無表情地繞過高樓的轉角，好像《楚門的世界》的演員，要去「布幕後方」領取今日的工資。

楚門＝Truman，是真人（true man）的諧音。我透過車窗望著外面的世界，當下萌生出一個念頭——這些「真人」是不是都在配合我演一場戲？我不在「山下」的時候，他們都在休息嗎？

波蘭攀登大神克提卡曾經說過，登山會讓「眾妙之門忽然敞開」，雖然過程中不乏負面感受，然而「每種感受都開啟了正面回應的可能性：喜悅。自信。平靜且與世無爭。」

山上的生活很簡單，會喚起求生的本能。人帶著變敏銳的感官回到城市，平時習以為常的景物一瞬間有了全新的**刺激**，會去思考平常不太會想的課題，無論那些課題多麼天馬行空，多與「現實」脱節。

克提卡是在喀喇崑崙山脈那座彷彿宇宙中心的迦舒布魯姆四號峰，體會到登山如嗑藥的神祕經驗，他指出「大腦裡一些偏僻的角落，只在極端情況下才能進入。」而極端情況往往源自於痛苦，那正是登山不可或缺的要素。

主流宗教向信徒兜售「極樂世界」的願景，因而受到歡迎。追求痛苦似乎違反人的天性，但痛也是一種「感覺」，藉由它能觸碰到存在的本質（人生來受苦是吧），為了消解它，讓自己好過一點，人創造出另一種現實。

當我陶醉於片刻開悟的欣喜，車子漸漸接近家門口，一股深沉的失落感蔓延到全身……我意識到，明天醒來就會加入他們，扮演好我在城市中的角色。我會再次把身邊的牆築高，擋掉所有不想接收的訊息。

音樂家坂本龍一是一位自然主義者，發起過森林再造計畫，他對這種雙重現實的反差有獨到的見解：「敏感的人要活在現代的社會，非得變遲鈍不可。待在都市裡，已經感受不到刺激了，都市中人類製造出來的刺激很無聊。」

廣告看板、捷運燈箱、各種刺耳的噪音，科技製造出聲光的奇觀，像潮水淹沒了人的感性。為了好好過日子，選擇性遲鈍成了必要的手段，我們只看自己想看的，聽自己想聽的。久而久之，好奇心跟著黯淡下來。

回到山裡重新把五感擦亮，是有效的解方，但那會不會是一種**逃避**呢？我在山上碰過好多不想下山的人，跟他們聊天，每個人在平地都有不願面對的問題。

爬山的前幾年，我像山林的成癮者，下山後真的會有戒斷症狀。被接駁車放到解散點搭捷運回家，背包一直撞到其他人，一個人髒兮兮地靠在車廂的角落，感覺自己格格不入。誰曉得，我今天凌晨才英勇地通過一座斷崖呢！

到家先把骯髒的裝備扔在一旁，倒頭就睡，隔天太陽還沒出來就醒了，以為又要去摸早黑。出門覓食，整顆心還在山上，走在路上注意力不容易集中，該吃飯的時候吃不下，不該吃又亂吃一通，好像在彌補山裡挨的餓。而無時無刻都很口渴。

那樣的後座力同樣呈現在身體上：腳趾發麻，腳底痠疼，腳跟積了厚厚的一層繭，像高中時每天彈吉他的手指。從小腿肌到大腿肌都繃得緊緊的。肩膀、背、腰，這些負重的部位好像還扛著背包不願放下。皮膚因為紫外線長時間照射而發紅、脫皮，一看就是剛下山的人。

剛下山的人啊，他在城市裡活得很抽離。

他到處打聽厲害的按摩師傅，在物理治療所和其他山友不期而遇，都想盡快把身體修好，就能再次上山。他一邊承受低海拔的壓力，一邊對自己說，重回山裡能讓忙碌的時光暫停，登山不會佔用你的人生。

人是經驗的動物，一件事反覆習慣後，強度會隨之遞減。一趟趟山行，把我的身心淬煉得更加強壯，「登山藥丸」的致幻感也變淡了。我比從前更知道如何平衡自己的心，在兩種生活之間自在地轉換，它們漸漸貼合為一個現實。

住在森林裡我不再怕黑，半夜從帳篷鑽出來上廁所，不再害怕身後有一萬隻眼睛在看著我。返回喧嘩的人世，知道如何安放對山的思念，林間濃郁的對比色、樹幹的觸感、空靈的鳥鳴、石頭被烈日烤過的氣味，我的感官栩栩如生儲存著這些記憶。需要時就把它們召喚出來，緩解我的緊張。

我熱愛山林，同樣喜歡城市。人在城裡工作，遇見心愛的人，一同在生命的地圖上探險。然後走入自然，去找尋遠遠大於自己的東西，查看更古老的時間。如今我不帶任何預期地上山，就讓各種經驗通過我，再帶著那些經驗回到日常，讓自己慢下來。

自然不只是一片山水，自然是一種精神。一樣永恆的只有時間。

到Ｋ２山頂埋葬自己的父親

Ｋ２　八六一一公尺

隆冬的喀喇崑崙山區，雪像蝗蟲一樣下著。薩吉德．薩帕拉（Sajid Sadpara）在冰河上大口喘氣，腳下的鞋一寸一寸陷入雪原的表層。他頭頂有數百萬隻白色蝗蟲在飛，牠們鋪天蓋地佔據了山的縫隙，順著風勢飛進薩吉德的耳廓。

他和一列運補隊伍剛走抵冰河的匯流口協和廣場（Concordia），那裡海拔四五七五公尺，是喀喇崑崙深處一片開闊的腹地。世界第二高峰Ｋ２矗立在廣場北邊一條冰河的盡頭，在薩吉德的視野中，它像一座雪白的金字塔，浮現於冰封的跑道。

他揮手拍掉耳裡的蟲，蟲屍在腳邊融化成水。陣陣襲來的季風氣旋間，薩吉德用快凍僵的雙眼捕捉這幅罕見的風景，在這蒼茫的季節。

二十世紀之前，薩吉德的先祖不曾走入這麼深的地方，不知道國境之內有那座龐然巨物的存在。西方人對地表十四座八千公尺巨峰的執迷，搖動了尼泊爾和巴基斯坦的近代史：尼泊爾境內擁有八座，含世界第一高峰聖母峰；巴基斯坦收納了五座，以K2為代表。

原先務農與畜牧維生的尼泊爾雪巴人，以及巴基斯坦北部吉爾吉特——巴提斯坦的山青（後來被西方人稱作HAP——High Altitude Porter 高海拔協作），過去一世紀受僱於絡繹不絕的國際遠征隊，協助征服欲望特別旺盛的顧客登上險峻的高峰。他們是這齣探險大戲的幕後人員，攀登英雄們稱職的配角。

二〇二一年一月，疫情下的嚴冬，薩吉德在大風大雪中背著滿身物資往K2山腳的基地營走去。從協和廣場向北，還有幾小時的路程，這條奇幻的冰雪之徑，對他已是舊路——兩年前，剛滿二十歲的薩吉德在夏天登頂這座野蠻之山，成為史上最年輕的K2登頂者。

這次他肩負著一項神聖又艱鉅的新任務：十四座八千公尺巨峰只剩K2未被冬攀成功，他想嘗試在冬天登頂，完成人類高海拔拓荒的最後一塊拼圖。在冬天攀登代表了什麼？更致命的低溫、更無情的風勢、更狡猾的雪況，還有更脆弱的**意志**。冬夜，一旦在八千公尺以上「死亡地帶」脫下手套，皮膚就會立刻壞死。

如此極端的簡直像求生電影的劇本，有幸完成會帶來無與倫比的榮耀。而薩吉德的父親阿里（Ali Sadpara）野心不僅於此，正是他把薩吉德攬入這支冬攀隊裡，要讓兒子跟他成為第一對登頂Ｋ２的父子。

Like father, like son. 薩吉德從小仰望著父親，比每個巴基斯坦小孩都更知道身為「國家英雄」孩子的滋味，那種既驕傲，又壓力沉沉的感覺。

阿里·薩帕拉正是巴基斯坦史上最偉大的攀登者！國際間鼎鼎有名的巴基斯坦人。包括Ｋ２在內，他登頂過八座八千公尺大山，是國內的紀錄保持人，而被寫入傳說的冒險發生在南迦帕巴峰，那是巴基斯坦境內的世界第九高峰。二〇一六年，阿里和另外兩位攀登者完成南迦帕巴峰的冬季首攀！

因為疫情的緣故，全球高海拔攀登停擺了一年，進入二〇二一年，各方好手無不盼望能盡快施展身手。薩帕拉父子不是唯一進駐的一隊，大雪覆蓋的營地中，一起取暖的友軍有大有小，各帶不同的盤算和響亮的標語，都在社群網站宣稱要來挑戰史無前例的Ｋ２冬攀。

「反常的時代，會產生反常的結果。」有個雪巴領隊在 Instagram 向他數萬名追蹤者如此預告著。等待天氣窗口開啟前的時日，薩吉德就在海拔五千公尺的基地營認分幹活，觀察父親如何和雪巴人打交道，維持某種既合作又競爭的關係。

對於薩帕拉父子，K2可是「**我們的山**」，別被尼泊爾人捷足先登了才好。

二月初，就在阿里過完四十五歲生日隔天，父子倆與冰島人約翰．史諾里（John Snorri）、智利攀登家胡安．巴勃羅．莫爾（Juan Pablo Mohr）組成一支四人隊伍，開始向K2發動攻勢！史諾里是阿里的朋友也是雇主，莫爾則是迅捷的獨攀者，保有聖母峰和洛子峰無氧連攀的最速紀錄，在這險惡季節也一起同行，互有照應。

四人在巨大的冰壁上愈攀愈高，翻上七三三〇公尺的三營，進行攻頂前最後一夜休息。隔天，小隊一路挺進到八二〇〇公尺的「瓶頸」（Bottleneck）路段下方，四人都想嘗試無氧攀登。到達這個真空的高度，薩吉德感覺自己快倒下了……阿里要他趕緊抽出背包裡的備用氧氣瓶，開始吸氧！

薩吉德顫抖著雙手戴上面罩，發現瓶口的調節器有個裂孔，氧氣打不進來。「下撤吧！下撤吧！回三營等我們。」阿里在冰坡上確認兒子有照他的指令往下走，隨即轉頭，在強風中繼續攻上瓶頸。時間是二月五日下午，薩吉德隻身返回三營，在帳篷裡點亮營燈。那無眠的夜，他等著登頂後的父親凱旋歸來。

但他等到的，只有咻咻的風聲和下一個日出。阿里、史諾里和莫爾當晚就被通報為失蹤人口，直到二月十八日被官方正式宣告死亡之前，巴基斯坦政府每天都出動軍用直升機對K2山域進行大規模搜索。直升機難越七千公尺的高空，而派人力救援只是徒增二次山難，眾人心知肚明，再強大的攀登者都無法在那樣的高度、那種氣候下熬過兩晚。

巴基斯坦就像經歷了一場國殤，政府授予阿里最高公民的獎章。斯卡杜和伊斯蘭瑪巴德的街頭上，市民、大學生和教員點亮白蠟燭，徹夜吟唱、默禱。蠟燭在地上排成「SADPARA」的字樣，不只是阿里，那也是薩吉德的姓氏。

我在台灣追著這則新聞，整個魂魄都被吸了過去。斯卡杜、協和廣場、基地營，我走過薩吉德走過的路，體會過那種寒冷，遭遇過相同的景觀。雪巴人與巴基斯坦協作的衝突、駝獸運補的動線、攻頂前的會議，我在腦海補充著新聞上沒有的細節，描繪出一個更完整的故事。

是多麼憂傷的故事。但寂靜的冰河深處，太陽射入時會產生一種聖潔的光芒。我的臉頰曾經被它照亮，我知道薩吉德也是。

我從書架取下美國作家保羅．奧斯特的短篇小說集，重溫名為〈鬼靈〉（Ghosts）的一章，裡頭描述了一個魔幻的場面——在阿爾卑斯山脊的雪崩遺址，二十多年以後，兒子找到當年失蹤的父親：「屍體冰封在冰雪中，好像一個人站在厚玻璃的另一邊。他才明白，這就是他的父親。死去的人死的時候還很年輕，甚至比他兒子現在的模樣還年輕。」

二〇二一年七月，替夏季攀登隊開路的雪巴人在瓶頸路段發現了三人的遺體。現場沒有雪崩掩埋過的跡象，鮮豔的連身羽絨衣，彷彿自然而然從冰層裡被風吹了出來。三人的位置都在安全繩附近，史諾里甚至還扣在繩上，是離峰頂最近的一人，只差三百公尺左右。

阿里則躺在下方不遠處，面朝陽光，身上的Kailas羽絨衣完整無缺，就像新的一樣。他雙手攤在身體兩側，像個胎兒，平躺在K2的子宮。

雪巴人立刻以無線電轉達等候在基地營的家屬，不敢隨意移動遺體。家屬正在K2山腳的吉爾基紀念碑（Gilkey Memorial）掛上三名殉山者的銘牌，「他們登頂了嗎？」他們暫時無心思索這個問題。

隔天，薩吉德攀到瓶頸上方，把父親往下搬移到一塊較平坦的雪坡，就此埋葬在那裡。他在不起眼的冰墓上插了一根巴基斯坦的國旗，完結這個尋父的故事。從失去父親到重見父親，不過是短短五個月的事，薩吉德覺得此刻的自己，和冬天時已是完全不一樣的人。

而阿里將永眠在山的身體裡。有一天，他會比兒子還年輕。

異鄉

THE PASSAGE OF YOUTH

城皇街角的一九四七

我在抵達香港隔天，自己到中環遊蕩時，注意到這家店。它側身在一條狹窄的山坡路旁，隔壁是一家美髮沙龍，對街的洋房下開著時髦的咖啡廳，模樣好看的男女坐在挑高的店裡，用刀叉吃著盤上的水果沙拉。

這家店叫作「老友記」，店名旁邊用紅字標了一個數字——一九四七，感覺挺神祕的。它和對面那家咖啡廳似乎是給兩種人去的，生活即隱喻，同一座港島，可以活出完全不同的日子。

狹長的山路有個古老的街名，城皇街，連通中環與上環，路基很窄，鋪著一層層石階，車子開不進來。街邊幾株老榕樹盤踞在牆上，孔武有力的氣根向下延伸，從這裡抬頭望天，頭頂是一排接著一排綿延到山頂的摩天公寓。

巍峨的空中之城，奇觀似的與自然爭地，你一看就知道，腳下踩的地方叫香港。

美國影集《六人行》（*Friends*）在這裡被譯成《老友記》，但這家店不像致敬式的「主題餐廳」，它的美學風格是很古典東方的，帶點嬉皮手感：彷彿昨天才漆好的鮮綠色牆壁，窗簷下掛了幾盞紅燈籠，門口擺了兩張木桌，靠街的小立牌用粉筆寫著「Soft Opening」。

Soft Opening？我好像第一次看到這個詞，旅人的直覺告訴我，這家店有點**蹊蹺**。不過週日的Brunch Hours店裡店外都客滿了，我心裡盤算等離港的那天再來，如果還能在這座傾斜的迷宮裡找得到路。

台灣和香港這兩座海島，近得像地球上隔壁村的鄰居，搭飛機的時間還看不完一部克里斯多福．諾蘭的電影。這麼近的距離，我到香港卻不算頻繁，兩三年來一次，通常都是為了看演唱會。

不久之前，世上最長的跨海橋樑「港珠澳大橋」才剛通車，它像一條巨大的海龍俯臥在珠江三角洲。通車一個月內，估計有一百萬名遊客從中國搭乘大巴進入香港，多數是來一日遊的，一批批在東涌下車，搶購貨架上的嬰兒奶粉和衛生紙。

延宕多年的「廣深港高鐵」也在今夏全線通車，從西九龍到深圳北站只要十多分鐘。香港，這顆孤伶伶掉落在海面上的明珠，從此和中國內地四通八達的高速鐵路網串接起來。大橋、高鐵，香港正以前所未有的速度靠近中國，似乎也無可避免地，要換上另一張臉。

我上回來港是二〇一四年，返台後就發生雨傘革命，透過網路，日夜關心著當地朋友的動態，感覺自己也在那個生存現場。此行再訪，當我撥開銅鑼灣浮動的晚風找東西吃，站在天星小輪的甲板上眺望波光爛漫，並以璀璨的天際線為背景，在海濱的音樂節聽 Talking Heads 主唱大衛．拜恩高唱：

This ain't no party!
This ain't no disco!
This ain't no fooling around!

當年發生在街頭的事，之於眼前這座城市，好像已經成為遙遠的記憶，鎖在時間的深處。

但我依然這麼喜愛香港，愛它活力四射的資本主義吹起的大泡泡，愛它蒼老又魯莽的靈魂，愛行走在入夜後的街道彷彿穿梭在《銀翼殺手》電影中的霓虹場景，愛聽起來鏗鏗鏘鏘的廣東話。

如果它終將換上一張臉，這些是我還能辨認的線索——這樣的地方，**曾經**叫香港。

離港前夜，朋友帶我到九龍一家掛著「新浪漫」螢光招牌的酒吧，坐在騎樓下聽著店裡傳來的八〇年代浪漫音樂，喝著一款名為「This Town Needs Beer」的啤酒。香江需要的不只是更多啤酒去填滿它的港灣，它渴望一種確切的認同，去抵擋將來的改變。

深夜地鐵的車廂裡面，流浪漢在空椅間拾遺，他們把別人的失物當失誤，隱喻即生活。返回上環的旅店，我鑽進街區的 7-11 買了一瓶紅酒，想再補充一點酒精濃度。旅店的接待桌羅列了各種導覽項目，我向夜班的少爺借開瓶器，走回房間才想起，便利商店的紅酒轉開就好。

我將廉價的酒倒進喝茶用的杯子，拉開窗簾，讓維多利亞港上夜行的船隻在我的窗面航行，一邊用電腦播起王菲的〈胡思亂想〉。

躺在重新鋪平的床單上，我幽幽想著《重慶森林》裡的一九九四年，以及，那家老友記的位置。無論 OpenRice 或 Google Maps 都找不到它的資料，這年頭還有網路上查不到的商家嗎？

隔天我從城皇街口一路往山下走，祈禱它會出現在某個轉彎處，果然，那面鮮綠色的牆壁遠遠讓人望見了它。週二早上，一個客人都沒有，對街的咖啡廳也公休了。我探進店裡，老闆娘正做著開店的準備，她說，牆上的菜單僅供參考，有什麼就弄給你吃。

「但要請你稍待一下。」

「沒關係，妳慢慢來。」

回程的班機晚上才飛，時間還早，今天除了要去中環某棟大樓看中平卓馬的攝影展，沒有任何計畫。我靠在門前的長凳上，期待著那份「無菜單料理」，身後流轉著各種背景音，有整理鍋具聲、切菜聲、開火聲；華仔和 Beyond 的老歌從喇叭裡傳了過來，要說這是一家主題餐廳也沒錯，它陳列的事物叫鄉愁。

食物的香氣漸漸從室內飄了出來，她一道一道慢慢做，一道一道慢慢上，有冰奶茶、雞扒包、燒賣和酸辣湯。我望著頭上那座空中之城，慢悠悠地吃了一頓港式早午餐，整個上午只有另一名來客，她牽著狗巡視過來，是老闆娘的舊識。

生意清閒，我和老闆娘聊了起來，原來這家店是五天前才開幕的，難怪重要的「網路身分」尚未建立好。而 Soft Opening 是試賣期的意思，待生意穩定了，來客的口味確定了，才會 Grand Opening 正式開張。

老闆娘的兩隻手臂都有刺青，神獸的輪廓刻在黝黑的皮膚上，平時應該有在衝浪。她說自己從前是玩音樂的，為了生計，在鬧區的山坡開了這家外人看來大概也不太容易賺錢的店。

我們聽的搖滾樂很接近，喜歡的電影也差不多，她今年夏天剛滿四十歲，只比我大幾個月。「對了，請問店名旁邊的一九四七是什麼意思？」我到店裡結帳時順口問道。

「哦，那是我父親出生的那年。」老闆娘笑著說。

原來啊，我倆不只同年出生，連父親的年紀都一樣。我一直記得爸爸是在香港回歸那年過的五十大壽，爺爺奶奶從高雄搭車過來陪他切蛋糕；也記得大學聯考前一晚電視轉播了隆重的回歸大典，歷史在當下翻頁了，未來還是一張純白的紙。

跨出店門前我轉頭對她說：「台北也有一家賣燒臘的老友記喔！」老闆娘點點頭，揮舞著手上的鳳凰，表示她已經知道了。

世界就是中古唱片行

酒神的車準時在下午三點開到我家巷口，電影傍晚五點開演，這時候從台北開過去剛好。酒神——這是他的網路代號 dionysos，在美國一所名校讀完ＭＢＡ後回台灣的金融業服務，上班地點在一〇一大樓旁邊，跨年時有第一排的視野。

他那輛進口休旅車裝了兩個兒童座椅，「如果前座太擠，按那邊可以往後調。」他貼心地指了指電動按鈕處，「平時都是我太太在坐。」

酒神的太太我只在婚禮上見過一次面（那天我還是伴郎呢），幾年前他被公司調派到日本，夫妻倆帶著仍小的兒女遷居到東京的荻窪區。上回見面就在荻窪附近的吉祥寺，涼爽的夏夜，他帶我到一家親子餐廳喝生啤酒，還逛了車站對面的 HMV 和 Disk Union 唱片行，一如我們每次碰面都會做的事情。

那天買了什麼唱片我早就忘了，只記得在丸之內線的月台上分手時，我跟他說：

「等你回台灣，多聚聚吧！」

隔年他就調回台灣，我在臉書上看他打包、封箱，從平成到令和，把一種生活收納進另一種生活。酒神一家搬回內湖的公寓，和我只隔半個台北城，縮短的距離卻讓「多聚聚吧」成了一句客套話。我繼續在臉書觀望他的人生——長大的小孩、新迷上的嗜好、週末出遊的地點，讓彼此的交集留在十多年前的另一座城市。

我好奇，他現在的社交圈，還有多少人會叫他酒神呢？

偶爾我會點開他搬了好幾次家的部落格「21st Century Schizoid Man」（取自英國前衛搖滾樂團 King Crimson 最著名的歌曲），讀著他用心又生動的影音開箱文。部落格的副標題是「世界就是中古唱片行」，在「關於我」的部分是這麼介紹的：中年已婚男子，暨無可救藥、義無反顧的實體影音文學動漫收藏者。

酒神比我早生兩年，我倆當年都是嚼著司迪麥口香糖、把 Walkman 夾在腰帶上的新新人類。曾經，他的「關於我」是我心目中理想中年的樣態——可以一直買唱片到很老，讓收藏蔓延到整個房間。這些年我改聽串流音樂，幾乎不買唱片了，住的地方也沒有空間再讓收藏蔓延。至於婚姻，那需要的不只是義無反顧。

車駛離巷口，一會兒就接上建國高架，兩年多不見，話題自然從上次的吉祥寺會面開始聊起。

「欸，你跟她還在一起嗎？」

「那次日本回來就分手囉。」

「所以你現在單身？」

「嗯，可以這麼說……」

感情部分迅速 update 完畢，話題跳轉到共同朋友誰誰誰失蹤或者又出現了、誰誰誰現在混得很好或者不太好、國內的選舉、世界局勢、金融業的薪水。兩個曾經死硬派的文藝青年，很有默契地不再談論文藝。來到這個年紀，任何事都是一晃眼，什麼人都是好久不見，各種感覺都是重新想起。

車開下高速公路，進入桃園市區，談話才切入正題。

「你猜今天會有多少認識的人來看？」

「五個？十個？我也不太確定。」

即將開演的電影叫作《紐約傳奇唱片行：其他音樂》，很奇妙的，這部小眾紀錄片是在桃園一個電影節播映，而非台北的藝術電影院。我看到消息時立刻想起酒神，直到走入影廳，才意識到這是我倆第一次一起看電影。

「其他音樂」指的是紐約東村一家名為 Other Music 的唱片行，位在東四街與拉法葉街的轉角。它對面矗立著寬敞時髦的淘兒唱片行（Tower Records），明白資本拚不過人家，Other Music 專心把自己經營成小而美的音樂風格選物店，凡是地下的、實驗的、另類的、無法歸類的都在它的管轄範圍。

店名就是那個意思——咱們賣的是「另一種音樂」。其實不只是音樂，那家店也象徵一種品味、一種社群精神、一種小眾同溫層的歸屬感。我在紐約讀書的那幾年，除了學校、地鐵站、中國城的快餐店和幾個演出場館，Other Music 是我進出最頻繁的場所。

下課後會不由自主地走過那條街，熟練地推開它的門，隨手翻翻二手唱片區，聞一聞陳年黑膠特殊的霉氣味，再看一眼白板上的當週推薦榜。離開前靠在櫃檯旁邊偷聽熟客和店員說話，心裡跟著點頭，感覺自己是這個家庭的一份子。

往往，我會帶著一張不知道自己正在尋找的專輯離開，只因店員那句「如果你喜歡那個，也該試試這個！」回到家，把剛拿到的亮閃閃的提袋塞入那一堆舊的裡，把剛認識的音樂用力聽進身體裡。我像一塊飢渴的海綿，曼哈頓是我的染缸。

第一次去 Other Music 就是酒神帶的路。二〇〇三年退伍後，我和高中一起聽搖滾的同學馬瓜去紐約玩，酒神是他大學時代「搖滾研究社」的學長，以即將歸國的留學生暨搖滾同好的身分，帶兩個菜鳥在大蘋果趴趴走，到處見世面。

逛唱片行、看樂團表演、討論細瑣的音樂知識，三個人每天只做這幾件事。那個純真的夏天，紐約的夜色沒有憂愁，我們站在帝國大廈頂樓眺望未來，覺得人生最高的成就不過是成為《失戀排行榜》裡的角色，用音樂餵飽自己，只有一兩句台詞也無所謂。

「喏！你看那面旗子，紐約最酷的唱片行。」

抵達甘迺迪機場的隔天，酒神便把我們帶去東四街朝聖。十六年了，我在影廳入座時，初訪 Other Music 的情景仍歷歷在目——紐約街道上混合著路人香水和熱狗餐車的氣味，水溝蓋底下傳來一陣陣地鐵的騷動聲。我記得那面醒目的藍底橘字店旗，配色一如大都會棒球隊。

電影放映前，我們環顧四周搜索認識的臉，結果一個都沒有。來的都是當地學生和一些索票的民眾，出門前我從衣櫃翻出那件已經洗得很薄的 Other Music 上衣把它穿在身上，這個舉動好像太小題大做了。

但管他的！這部電影是寫給實體唱片行的一封情書。

一九九五年 Other Music 開業時，全球唱片市場一片榮景，CD統治著每一台家用音響。進入二十一世紀，數位音樂開始崛起，唱片行業績直落，還得面對不斷上漲的房租，漸漸沒落成一門夕陽產業。串流是壓垮它的最後一根稻草，音樂不再需要「擁有」了，它是雲端的虛擬貨幣，供人在需要時提領，到社交場合上兌現。

這家小小的，可是對很多人很重要的店，在二〇一六年熄燈，它經歷過唱片工業最繁華的時代，見證紐約下城在九一一事件後重新站起，幫冷門的樂團和挑剔的聽眾介紹對方。甚至讓客人變成夫妻，也包括拍這部紀錄片的兩位導演。

關店前的週末，Other Music 號召了一場遊行，有些客人吹著小喇叭，有人敲著手鼓，店員高舉店旗，一群愛音樂的人歡歡喜喜踩過東村的街，替摯愛的店送行。那是我深深想念的城市……

影片一幕推過一幕，我和酒神像兩個時間裡的偵探，巡邏在記憶的街頭，櫥窗裡的動態、人物的表情、門牌的號碼，都是我們採集的證明。也許我們更想採回的是從前的交情，那年夏天的自由自在。

走出銀幕裡的東四街，忽然回到桃園的鬧區，彷彿從地球一頭瞬間跳到另一頭。我跟酒神說：「你開的車，晚飯我來請客吧！」兩人搭電梯到新開的百貨公司樓上，在一排餐廳中尋找順眼的菜單，但相對於吃，好像都有更想做的事。

幾乎就在同一刻，我們轉頭問對方：「聽說桃園新開了一家二手唱片行，等下一起去逛好不好？」

滾石的鼓手

八月三十一日，夏天將在午夜過後結束，習慣上，明天就是秋日的開始。查理．華茲（Charlie Watts）坐在邁阿密硬石體育館的舞台，替全世界最偉大的樂團伴奏著——The Greatest Rock & Roll Band In The World.

成軍五十年，人們依然這麼稱呼滾石樂團。

華茲輕快地敲著手裡的鼓棒，清脆的鼓聲透過體育館的巨型喇叭，放送到現場四萬多名觀眾的耳朵裡。二〇一九年最後一個夏夜，佛羅里達帶著海洋鹹味的空氣吹拂眾人的皮膚，陶醉的藍調樂音飄蕩在晚風中，人與人間摩擦著興奮的情愫。華茲文風不動，繼續敲著他的鼓棒。

他是團裡年紀最長的一員，今年七十八歲了，一頭白髮剪得整齊俐落，如手下的反拍節奏（backbeat）。他的鼓點浸泡著爵士樂的底蘊，是驅動滾石樂團向前的心跳。

浪蕩不羈的滾石吉他手基思．理查茲（Keith Richards）如此描述他和華茲的關係：「音樂性上，華茲像一張床，讓我可以躺在上面。」

這是吉他手和鼓手之間浪漫的默契：一個恣意揮灑，一個沉穩如錨。從一九六三年加入滾石樂團開始，華茲坐鎮在舞台後方，盯著理查茲隨節奏搖擺的屁股盯了半個世紀，也盯著主唱米克．傑格（Mick Jagger）的屁股，和另一名吉他手羅尼．伍德（Ronnie Wood）的屁股。

那三個夥伴，最年輕的伍德也七十二歲了，年齡對「滾石」成為某種神奇的參數——一組僅供**參考**的數值。每個巡迴的夜晚，無論他們降臨世界上任何角落，依舊有滿場觀眾要來聽四個早該步入退休生活的老男人，演唱著、彈奏著、敲打著那些台上台下一樣熟悉的曲子。

如今夜最後一首歌〈(I Can't Get No) Satisfaction〉，這首滾石的招牌曲目傑格曾經宣告：「我寧願死了，也不要在四十五歲以後再唱它。」如今，傑格活過四十五歲好多年了，為了讓粉絲開心，他認命似的在每座熱情的場館繼續高唱副歌的：「I can't get no ... I can't get no ...」一遍又一遍。

樂團發展到這樣的規模，有這麼悠久的歷史，玩音樂成了一種服務業。

而華茲只是敬業地敲響身前的小鼓，年復一年替傑格伴奏著，就像薛西弗斯日復一日把石頭推上山。一九八〇年代，滾石的男人四十階段，有一次巡演到阿姆斯特丹，傑格在眾人面前稱華茲為「我的鼓手」，華茲聽了，一拳向傑格臉上揍了過去，「別再叫我你的鼓手，你才是我他媽的主唱！」（You're my fucking singer!）

如果傳說是真的，未受荷蘭大麻的渲染，很難想像溫文儒雅、一派英國紳士風範的華茲會有如此激動的反應。他從不把自己當「搖滾明星」看待，這個神氣的頭銜、多少人渴望擁有的身分，對他不過是一份工作罷了。既然我的職責是把鼓打好，你就專心把歌唱好，團員間地位應該是平等的，你我都是音樂職人。

但滾石樂團從來不只是音樂職人，他們是阿波羅耀眼的光芒、酒神敗德又危險的魅力，和海克力斯無堅不摧男性氣概的綜合體。他們是不可一世的巨星，搖滾樂不朽的父親。

有一天當父親的死訊傳來，尤其是四人中最安靜的那位，訃聞上的每個字都發出震耳欲聾的聲響：查理．華茲，我最喜歡的滾石在二〇二一年八月過世了，享年八十歲。

那場夏末的邁阿密演唱會，成為他生前最後一場演出。

那年新冠疫情爆發，打亂了世界的秩序，貴為地球上最偉大的樂團，滾石對病毒也沒有豁免權，順延了所有巡迴的場次。當巡演在疫情後重新啟動，團員轉過身望向鼓手席時，都得適應一個新的現實：五十多年來，椅子上不再坐著華茲。

連帶消失的，是他優雅的穿著與溫和的笑容，打鼓時他總是微笑著，好像默默肯定著自己的表現——用律動的鼓擊把數萬人的腳底板從地表上移開。他的「公務員」精神在搖滾樂的瘋狂與混亂中，展現出冷靜的理智，彷彿神話的反面——不沾緋聞，沒有無節制的性狂歡。

華茲在滾石樂團發行首張專輯的一九六四年，娶了雕刻家雪莉・安・謝帕德（Shirley Ann Shepherd）為妻，兩人結褵近六十載。

他蒐集骨董車，自己卻不開車。身為搖滾樂團的鼓手，鍾愛的是爵士樂。媒體巴不得能訪問他，他只想躲得離鎂光燈遠遠的。一九八九年滾石被奉入搖滾名人堂，華茲缺席了那個光榮的大日子。難得不用演出或彩排，他情願給自己放個假，在家聽幾張爵士唱片，多留一點時間給妻子和女兒，還有家裡那隻忠心耿耿的灰狗。

「我總是在家，我一點也不酷。」（I'm always home. I'm uncool.）《成名在望》劇中的樂評人，應該很高興「不酷的宇宙」裡多了個伴。

確實很少有搖滾明星能像華茲那樣，在圈內格格不入，卻又活得那麼自由。他成了每一個鼓手的英雄，他們尊敬又熱愛的榜樣；從 Radiohead 到 Foo Fighters，不同型態的鼓手，風格裡都有華茲的靈魂。

我多希望你也能看過一場滾石的演出，是華茲還在的滾石。我僅有一次的經驗發生在二〇〇五年秋天，我在紐約讀書的時候，二十多歲的我比較耐得住寂寞，可以一個人去做很多事情。我搭跨州巴士，經過海底隧道抵達紐澤西一座美式足球場，拎著望遠鏡找到最上層的位置。朝聖的代價可不輕，我只負擔得起最便宜的票。

座位離舞台非常遙遠，如果不拿望遠鏡，四個人在我眼中只有螞蟻般的大小。我那一區多半是少數族裔的人，音樂化解了彼此的隔閡，我們勾肩搭背像一群小魔鬼跟著〈Sympathy For The Devil〉的前奏尖叫，隨著〈You Can't Always Get What You Want〉的旋律合唱。

感謝華茲，我的腳底板也離開了地表。

會場熄燈後，我花了很長的時間從上層看台走回樓下，又花了更多時間擠上開回市區的接駁車。當時的滾石在做什麼呢？台前的三人大概已被加長型禮車載到曼哈頓的高級夜店慶功了，而華茲一如既往，要司機送他回飯店休息。他一個人看著窗外璀璨的夜景，盤算著被火紅舌頭捲起的樂團專機，何時要把他載回家。

意外闖入搖滾世界之前，華茲當過美術設計師，曾在倫敦的廣告公司工作過。巡演的行李中，他會塞入一本厚厚的素描簿，裡面畫了數十年來每一張他在外地睡過的床。我們交會的那一晚，不知道華茲先生畫下的床，是什麼樣子？

有一種網球，叫費德勒

費德勒很愛哭，幾乎是球迷的「費德勒經驗」裡重要的一環。費德勒全名是羅傑．費德勒（Roger Federer），來自瑞士的職業網球選手，二十一世紀最知名的瑞士人。

喜歡費德勒的球迷自稱「費迷」，大約佔了我網球同溫層的百分之八十，他們簡稱費德勒為「費」。正如其他兩位網球天王的球迷，簡稱他們擁戴的選手為「納」或「喬」，前者出生在西班牙外海的島嶼，球風大器剛猛；後者是塞爾維亞人，承襲著東歐的鐵血傳統，有武士的心理素質。

這篇追憶費的文章，寫在他退休之後。「退休後的運動員」是人類一百年前發明職業運動以後，當代社會中最奇特，也最尷尬的身分。一個三十多歲或四十出頭歲，各方面都正要達到巔峰的人，明白向世界宣告他「最好的時光」已一去不返。

接下來一生，都是餘暉。所有的談話，都圍繞著過去。

職業運動是文明發展的最終階段，由資本主義、大眾媒體和流行文化強勁匯流，某種程度上是戰爭的替代品，這是為何運動術語大量挪用了軍事語言。退伍軍人返回家鄉，生活時常無法回歸常軌，他們的人生被切割成兩段，上半場發生的事情，影響著下半場的每一個決定。

退休的職業選手同樣需要過渡期，去適應不在球場上征戰（這就是一個軍事用語）的日子。喜愛他的球迷，也需要時間或其他心理機制去接受球員退役的事實。書寫這篇文章，追溯費德勒在我生命中的時刻，是我慢慢把他放下的方式。如同每篇關於費的文章，裡面都有納，有喬，那是三個男人間的量子糾纏，直到地老天荒。

費德勒的眼淚來自勝利，也來自被擊潰，勝敗在他心中具有相同的份量。淚水是身體的延伸，是一個人表現在乎的證明，對於短兵相接的網球員，感性只在賽後被容許。網球是一種**心理戰**，愈是成功的選手愈知道如何隱藏自己的脆弱和不安，以及最容易在比賽過程中出現的情緒——懊惱。

忘了剛才吧！重整旗鼓，讓自己專注在此刻的發球，或對方即將發過來的球上。網球是一種極度當下的運動。

處在比賽狀態的費德勒是身手敏捷的刺客，無情的殺手！他是攻擊網球的典範，相持時總是先發制人，而不是被動地等對方失誤。這是費德勒能享有「全球主場」的原因之一：人會被積極主動之人所散發出的自信給吸引，那種「趨光性」是我們的天性。

一旦扣人心弦的賽末點（match point）結束，轉瞬間，剛剛出手咄咄逼人的費德勒又變回一位優雅的紳士，走到網前和對方握手、致意。如果是在決賽輸球，還得站上頒獎台領取那個比較小的獎盃，說對方的好話，很有風度地替剛擊敗你的人鼓掌。

每個網球員都是如此，場上場下判若兩人，但費德勒的轉換開關比其他人都絕對。場上的他，犀利的眼神就像嗅到血腥味的獅子，下了場立刻換上溫馴山羊的面容。哪個更接近真實的他？或許兩者皆是。能成為傳奇，不會只有一種人格。

費德勒的職業生涯贏了一千兩百五十一場球，輸了兩百七十五場，勝率高達百分之八十二，不過納與喬的勝率都比他高。但費有一項很珍貴的紀錄，是其他天王無法比擬的：參加的一千五百二十六場單打賽事中，他從未退賽，只要走上球場，費德勒就會把比賽打完，無論當天的狀況多麼糟糕或身體出了什麼差錯。

這種敬業精神不只是尊重對手、尊重自己，更是尊重比賽本身。讓對手好好擊敗你，而不是因為你退出而取勝，這就是**格調**，是費德勒經驗另一樣重要的核心。

他並非沒有「年少輕狂」的歲月。一九九八年，十七歲的費德勒加入ATP世界巡迴賽，剛升格職業球手的他，後腦勺紮著一個馬尾、身穿大兩號的上衣，心氣一如當年的反拍還不太穩定。場上遭遇逆境時挫敗感全寫在臉上，生氣會摔球拍、大吼，因此輸了一些該贏的賽事。

他是剛上場捕獵的幼獅，還在學習控制自己，並熟悉各種狩獵技巧——何時該沉住氣，何時又該放手一博！

二〇〇一年夏天，將滿二十歲的費德勒在英國的溫布頓賽場遇見了當時的獅王，美國網球大師山普拉斯（Pete Sampras），他是衛冕冠軍，溫布頓翠綠草地球場的守護者，已七度奪冠。大滿貫等級的賽事，奪冠必須在兩週內贏七場球，而男單採五盤三勝制，對選手的體力和耐力都是嚴厲考驗。

費德勒從小展露出對運動的天份，能駕馭各種球類，一度被視為頗具潛力的足球員。然而他最終選擇了網球，或者說，網球選擇了他。山普拉斯正是費德勒小時候看球的偶像，兩人都是單手反拍的選手，能使出乾淨利落的網前截擊，高壓扣殺夾帶力與美，並具備無與倫比的發球統治力。

隨著時間淬煉，費德勒的整體技術發展得比山普拉斯更加全面。比賽時，他用移動的身體作畫，彷彿整個半場都是他的畫布，以不可能的角度、即興的走位，忽然揮出一記閃身正拍！飛馳的網球創造出無人想到的構圖，那樣靈光一閃，好像有神告訴他這球要這樣打。

那是山普拉斯和費德勒職業生涯唯一一次交手，二十九歲的「山大王」準備尋求溫布頓五連霸，在第四輪的一場五盤大賽中，輸給了球技仍待雕琢，卻擁有無窮天賦的費德勒。

他在草地上扳倒了巨人，一幅網球場上世代交替的畫面在世人面前展開。很多人還不知道，自己將從山普拉斯的球迷，慢慢演變為費德勒的球迷。那是我大學畢業的暑假，在哥兒們的公寓裡，一個颱風天配著啤酒看完的球賽。

當時的夏天仍有颱風過境，伴著轟隆隆的風聲，而當年山普拉斯的年紀對網球手已算暮年。隔年他奪下美國網球公開賽冠軍，光榮退役，很難想像二十年後，「三巨頭」費納喬能把網球選手的輝煌時代，推展到將近四十歲。

二〇二二年秋天，費德勒釋出他的退休宣言：「我今年四十一歲了，過去二十四年，我打了超過一千五百場球。網球待我不薄，但身體告訴我是時候了。」

與其說那是一則「震驚世人」的宣言，它更像眾人心知肚明的現實，只等待費德勒在適當的時機宣佈。他被膝傷所困，超過一年沒比賽了，過去幾年也是打打停停，職涯後期就在手術和復健的循環中消耗著，而疫情也耽誤了他仍有競爭力的一些時光。

二〇一八年他在澳洲網球公開賽舉起自己最後一座大滿貫金盃——他的第二十座！那年他三十六歲。能維持那麼久的巔峰，除了運動醫學的進步、完善的後勤團隊（妻子米爾卡功不可沒），重要的是費德勒自己對網球的熱愛。但每個費迷都知曉，讓他繼續在場上馳騁的動力，是來自納達爾（Rafael Nadal）和喬科維奇（Novak Djokovic）持續不斷的衝擊與挑戰。

曾讓費迷氣得牙癢癢的納與喬（費和他倆的生涯對戰成績都落於下風），卻在費德勒宣佈高掛球拍的那一刻，成為深深感謝的對象。感謝他們一路把費推向卓越，開發出更多技能呈現給球迷更美麗的球賽。感謝他們讓費德勒流下的眼淚，無論是勝與敗。

二〇〇九年澳網，費德勒在決賽輸給了納達爾，連續第三次在大滿貫決賽輸給小他五歲的納。頒獎時費德勒泣不成聲，靠在納達爾的肩上，「這實在太痛苦了。」（It's killing me ...）電視機前的費迷跟他一樣痛苦。納達爾那座高牆，從法國網球公開賽的紅土延伸到了其他場地，擋在那邊，不讓費德勒跨過。

八年後，同樣的場地，相同的對戰組合，費德勒在另一場經典的五盤大戰中終於擊敗了納達爾！拿下澳網金盃。賽末點結束的瞬間，他又激動地哭了，那是他燦爛生涯的迴光返照（英文說 renaissance）。這時的費留著很帥的短髮，穿著剛好合身專門替他設計的球衣，拿著加大拍面的球拍——正是為了應付左手持拍的納達爾那又重又沉的正拍上旋球。

費的成長寫在臉上被時間壓深的線條，展現在更加節制平衡的肢體語言，但比賽時那種銳不可當的精神不變，賽後的感性也不變。

我清楚記得那場球賽發生在農曆雞年的初二夜晚，團聚的大家族守著電視機，在第五盤那個來回二十六拍的抽球結束後都跳了起來！費總算在底線抽贏了納，在壓力下施展出魔法。

清楚記得的不單是那場球，對喜歡看網球的人，一場場球賽構成我們的編年史，像一張張心愛的唱片。

二〇〇五年我人在紐約，到皇后區的美國網球公開賽看了人生唯一一場費德勒的比賽；二〇〇七年回到台灣，和當時的女友連續兩年到同一家運動酒吧，看費德勒在法網決賽遭納達爾痛擊；二〇〇九年姊姊在六月底生下女兒，七月初，我們一起在坐月子中心看費德勒在溫網決賽破了山普拉斯的大滿貫金盃紀錄。

二〇一九年我在Ｋ２基地營留守，身處地球上最荒遠的角落，透過衛星訊號斷斷續續看著文字轉播，得知費德勒在發球局錯失了兩個冠軍點（championship point），溫網決賽敗給喬科維奇。我慶幸自己不用在電視上看見費德勒心碎的臉。

碎開的心終究會被時間癒合，職業運動雖然目的是求勝，失敗同樣可以定義一個人。不只是大滿貫總數，費德勒曾經創下的所有不可思議的紀錄，一項一項被納與喬給超越。但每個費迷都有一本珍藏的費德勒編年史，裡頭記載了自己的生命和那個風度翩翩的瑞士人的交疊，以及記憶中的想念。

或者，想念中的記憶。

我想念他不同時期的服裝，想念他站在底線前一步突然甩出的反拍變線，像藝術家的神來一筆。想念他芭蕾舞者般的輕盈步伐，擊球後淩空躍起，盯住球拍的接觸點彷彿那一刻變成慢動作電影的風格。想念他文風不動又無所不在，整座球場為他**慢了下來**。作家大衛．福斯特．華萊士有個詩意的描述——觀看費德勒的比賽，是一種宗教體驗。

也想念在那些贏不了納達爾的時日裡，很長的一段時間，費德勒是世界上第二好的紅土球員。

他的生涯結束在二〇二二年拉沃盃的雙打賽事，他與納達爾搭檔，敗給了更年輕的選手，網壇世代交替的局面再次來到眼前。納達爾，這個外號「西班牙蠻牛」曾帶給費迷許多嘆息的網子對面的大魔王，後來不但成為費德勒最好的朋友，更是陪他在球場上走完最後一哩路的貴人。

致詞時，費德勒又哭了：「我很開心經歷了這一切，我願意重新再來一遍。」（I am so happy I made it through. I will do it all over again.）重新來一遍，能再次品嚐勝利的喜悅，也要重新承受一遍所有的失敗、打擊、辛苦的訓練，那些身體和心理的傷。

納達爾坐在場邊，他哭得比費德勒還傷心。

球不沾汙

一九八六年，世界盃足球賽連續第三屆舉辦在西語系的國家，這屆的主辦國是墨西哥。

八年前，地主國阿根廷在延長賽擊敗荷蘭，拿下隊史首座大力神盃。比賽結束的夜晚，上千萬阿根廷人湧上街頭慶祝，他們高唱國歌，呼喊國家隊球員的名字。海水般的人潮上街群聚，在當時的阿根廷是一件很敏感的事——軍政府的統治下，國內仍實施宵禁。

當年阿根廷軍隊就是一個政黨，但足球是國家的靈魂，穿軍服的獨裁者決定網開一面。況且實務面來說，要如何把上千萬陷入狂喜的人「請」回家呢？

迪亞哥．馬拉度納（Diego Maradona）也是上街狂歡的一員，他年方十七，前一年入選了阿根廷國家隊，總教練認為他還沒準備好踏上世界盃的舞台，把他留在上場名單外。這個貧民窟長大的男孩並不氣餒，他知道屬於自己的時刻還沒到來。

四年後，一九八二年世界盃舉辦在西語的原鄉，馬拉度納穿著象徵王牌的10號球衣，首度在世界盃替國家出賽。他蓄鬍、留著一頭蓬鬆的鬈髮，模樣宛如吉普賽樂團的鼓手。他的身高就固定在那了——一百六十五公分。年少時，球場上馬拉度納力壓同儕的技巧與力量，常被對方教練懷疑是成年侏儒偽裝成少年來統治球場。

他的統治力老早被西班牙人看在眼裡，豪門球隊巴薩以當時最高的轉會費網羅馬拉度納，世界盃結束後他將換穿巴薩球衣，在巴賽隆納替當地的球迷踢球。這屆世界盃之於馬拉度納，頗有在未來支持他的球迷前預先露個幾手的味道！

阿根廷全部試合的五場比賽中，馬拉度納只於首輪對匈牙利攻下兩球，那場比賽辦在瓦倫西亞的球館，巴賽隆納的球迷無緣目睹他進球的英姿。第二輪與傳統勁旅巴西和義大利（這是後來的冠軍）對戰的比賽都辦在巴賽隆納，馬拉度納遭嚴加看管一球未進。最終，他帶領的隊伍止步於第二輪。

他的時刻依然還沒到來，卻愈來愈接近了。四年後，他將在世人面前「小露一手」，借助上帝的幫忙。

一九八六年，二十五歲的馬拉度納站上體能與技術這兩座山的巔峰，閱讀球賽的能力無人出其右。場上他敏捷、強壯，帶著偉大球員必不可少的那股**衝動**。他以再次打破紀錄的轉會費從巴薩加入義大利的拿坡里隊，眾人眼中的足球天才不只從貧民窟脫貧了，更成為世界足壇的巨星，國家隊的超級王牌，那名化不可能為可能的魔術師。

最奇幻的魔術發生在一九八六年六月二十二日的墨西哥城，阿根廷遭遇英格蘭的八強賽。上半場雙方掛零，全世界焦急等待下半場開踢，期待馬拉度納會變出什麼魔法。對這兩支球隊，那不只是一場足球賽而已。

阿根廷與英國是歷史上的世仇，英軍曾在十九世紀入侵布宜諾斯艾利斯，遭阿根廷人頑強抵抗！一九八二年的福克蘭戰役更讓阿根廷軍隊傷亡慘重，舊恨加上新仇，底層是更複雜的歷史情結。這場如同為福克蘭戰敗復仇的球賽，裁判還沒響哨前，已替馬拉度納架起一座傳奇的舞台。

所謂情結，是帝國殖民主義的連帶效應。工業革命時英國人佔據南美大地，替阿根廷帶來鐵路、銀行與足球，首支阿根廷球會正是英國人所創立。詩人波赫士形容阿根廷為「船的孩子」，而在足球場上，英國就是那艘大船。

阿根廷人要做的，是擊敗自己的父親。

下半場進入第六分鐘，馬拉度納突破擁擠的人堆，攔截到英格蘭中場球員回踢給守門員的傳球，他頭手並用把那顆高懸在半空中的足球「敲」進了英格蘭的球門裡。比數一比〇，阿根廷領先了！

馬拉度納遲疑了片刻，才衝到場邊振臂高呼。他得確認裁判剛才沒看到他順勢伸起的左手，有這「上帝之手」（Hand of God）的相助，球才躍過門將攔阻，騰空而入。英格蘭門將彼德．希爾頓（Peter Shilton），足足比馬拉度納高了二十公分啊！

這場創意十足的即興演出，畢竟是不大光彩的，雖然足球——許多人都說，是一門欺騙的藝術，想擊敗球場上的父親，不能只靠作弊。

短短四分鐘後，馬拉度納在阿根廷的半場接獲隊友傳球，從中場附近自右路開始帶球，如入無人之境衝刺了五十幾公尺，一路甩開四五名英格蘭球員的包夾和干擾直達球門前，晃倒門將再狠狠把球踹入網中！

他像一名步伐靈動的探戈舞者，腳下盤著球，在不情願的舞伴——整支英格蘭隊的觀看下，左右變向並前後擺脫，完成這支長達十秒的獨舞。阿根廷二比〇領先！波赫士稱探戈是「悲傷的丈夫之舞」，此時，英格蘭球員臉上盡顯憂傷。

這球後來被譽為「世紀進球」（Goal of the Century），足球史上最邪惡與最美麗的入球，就誕生在同一場比賽，僅相隔兩百四十秒。馬拉度納成為歷史的載體，世界盃最後一個個人英雄，他憑一己之力替阿根廷奪下金盃，並以整屆賽事五進球、五助攻的驚人表現，獲頒最佳球員獎。

那年我七歲，認知的板塊間已騰出足夠大的空間，容納這個比所有人都活得更轟轟烈烈（larger than life）的人物。

一九八六年那塊記憶大陸，仍在我的腦海漂流著，被時間不斷沖刷的陸棚上，沉積了〈快樂天堂〉的旋律、李壽全在綜藝節目演唱〈我的志願〉的身影（**你長大後要做什麼？**）、台中科博館開幕的新聞，還有報紙上大象林旺搬家的照片。很微妙的，那些事物中夾雜了一個阿根廷人，電視每天都播著他的進球畫面。

童年的我牢牢記住了——馬拉度納，足球之王。轉隊到拿坡里後，他以救世主之姿，替那座被其他義大利人瞧不起的貧窮港市，又奪下兩座義甲冠軍。

一九九〇年世界盃舉辦在義大利，馬拉度納率領的衛冕軍在四強賽強碰地主國，要爭奪決賽的入場券。天注定般，比賽的球館就在拿坡里，當晚場內一半的觀眾「背棄」了自己的國家，倒戈支持馬拉度納。他儼然像宗教領袖，在西方世界，唯有宗教的位階能大於國家。

阿根廷真有一支以馬拉度納為名的教會，信徒膜拜他，視他為神的化身，並煞有介事訂出十誡。第十條戒律就是：信徒的第一個兒子，取名為迪亞哥，那是馬拉度納的名字。

外界對他的狂熱，馬拉度納樂在其中，卻又漫不在乎。他在飯店陽台接受球迷的歡呼，一如流行偶像麥可·傑克森接受樂迷的擁戴；布宜諾斯艾利斯的脫衣舞俱樂部反覆播放他的經典進球，彷彿時空永遠停滯在那裡。

他去古巴拜見政治狂人卡斯楚，像個粉絲請他簽名。他的右手臂有切·格瓦拉的刺青，對抗帝國主義是一生的信仰。揚名立萬的馬拉度納，依然保有少年的純真與頑皮，他和阿根廷的貧苦大眾緊緊聯繫在一起。他「屬於」人民，而他的沉淪與墮落也必須由人民一起承擔。

邁入九〇年代，馬拉度納的球技開始走下坡，成了愛嗑古柯鹼的毒蟲。不間斷的負面新聞、屢屢遭到禁賽，他是小報上的麻煩人物，不再是當初那個有魔力把自己所在的地方都變成宇宙中心的天王。

多年後，他同意塞爾維亞導演庫斯杜力卡幫他拍紀錄片，在一場如同懺悔錄的對談中，他坦承自己自始至終都是個**演員**，扮演著眾人希望他扮演的角色。他最崇拜《蠻牛》裡的勞勃．狄尼洛，因為那種「想摧毀一切的欲望」（desire to destroy everything in his way）。

人們說，馬拉度納最終也摧毀了自己。但他從未假裝自己是另一個人，他的狡猾、不完美與黑暗面，數十年來就這樣赤裸裸地攤在公眾視野下。仔細凝視，那片巨大的幽黯中會升起一個熊熊的太陽，是足球場上馬拉度納甩開眾人奔跑時的背影。

那麼自由，那麼明快，那麼光芒萬丈。

二〇二〇年底，馬拉度納死於心臟病，他剛過六十歲生日。拿坡里市長建議把球館重新命名為馬拉度納，之前享有「冠名權」的人，是聖保羅。阿根廷政府宣佈國殤三日，他的棺木停靈在總統府大堂，人們帶著旗幟、海報和標語排了十幾公里的隊伍，要向這位國家英雄說聲謝謝。

晚上十點，街上的車互按喇叭，向神聖的10號背號致意。總統在舉國哀悼中發出悼文：「你帶我們站上世界頂端，帶給我們無窮的快樂，你是偉大的阿根廷人！」

馬拉度納也是偉大的阿根廷敘事者，他的每個入球都帶著一段故事，出賽過的每一場球賽在死後都成了奇蹟。阿根廷人在足球中找到自我，而足球找到了馬拉度納。

二〇〇一年，四十一歲的馬拉度納挺著大大的肚子，重返阿根廷博卡青年隊的主場，參加自己的退休儀式，那是他最有感情的一支球隊。他向滿場觀眾致詞時，淚流滿面，說出了那段名言：「如果球員犯了錯，足球不該受到懲罰。我犯了錯，而我已付出代價。球不沾汙。」

禮成後，他穿上國家隊的10號藍白條紋球衣，現場數萬名球迷在淚水中高呼馬拉度納的名字。他不用向任何人道歉，愛他的人早已原諒了他。

再見！高達

第一次看到高達的照片，尤其一九六〇年代的高達，會誤以為是一個搖滾明星。他戴墨鏡，用酷酷的表情抽菸，摟著漂亮的女孩。照片通常是黑白的，一如高達早年的黑白電影，在色彩剝離的場景中，人的原貌與事物的本質會浮顯出來。

紅色不能暗示情慾，藍色無法召喚自由，唯有白色，依然是純真的底色。紅藍白，法國國旗的顏色，雜誌是這麼介紹高達的——法國新浪潮電影的旗手。

有一句名言這麼說道：電影經歷過三次革命，一次是一九二〇年代有了「聲音」，一次是一九三〇年代有了「色彩」，然後，一九六〇年代有了「高達」。高達在這個敘述中，成為和光學與聲波等量齊觀的存在，彷彿上帝粒子，流竄在銀幕的空隙，擾動著裡裡外外的世界。

他是重新發明電影的男人，不斷革著命。

在不同的創作階段，相異的人生情境中，一次一次殺死自己。

我嘗試冒著死亡的風險去做我擅長的事，唯有如此，我才能存活下來。

高達的全名是尚盧．高達（Jean-Luc Godard），一九三〇年出生在巴黎一個優渥的家庭。他的父親是瑞士醫生，母親是法國銀行家後代，良好的家境讓二戰爆發時高達一家免於戰火的侵擾。他不愛讀書，學業表現乏善可陳，卻熱衷各種運動，對足球和滑雪都很喜愛，網球更是拿手的項目。

戰後，十九歲的高達開始在雜誌上撰寫影評，包括剛創刊的《電影筆記》。他在文章中批評當時僵化的法國主流電影，也批判美國好萊塢片廠的商業製作。電影畢竟是法國人「發明」的，美國人發揚光大後，變得庸俗與規格化，離高達心中的「藝術」漸行漸遠。

文化如何共時與延展取決於觀看的角度，再加上一點自尊。美國人大概不會說英國的滾石樂團剽竊了他們的藍調音樂，並因此大發利市。戰後美國成了世界首強，以各種文化輸出打造另一座帝國，年輕的高達一方面著迷於美式流行文化，一方面懼怕那種無可避免的同質性。

他像個叛逆的兒子，想扳倒自己的父親。而弒父之前，必須先歌頌他。

變得不朽，然後死去。——《斷了氣》

一九六〇年，緊接在楚浮的《四百擊》後，高達發表了首部長片《斷了氣》，劇情圍繞著一對亡命天涯的情侶——一個法國無賴和他的美國女友打轉。高達借用好萊塢類型電影常見的情節，然後在形式上破壞它！建構出全新的電影語言——鏡頭重複在相同的人物身上跳接，打破傳統的敘事習慣，輕盈自由如爵士的即興樂句。

他用手持攝影機在自然光的條件下拍攝，無論街頭或房間，都更能捕捉到接近真實生活的氣息。甚至可以說，高達試圖在電影中呈現的，就是**真實生活**本身。

藝術不是現實的反映，而是反映的現實。

那是 iPhone 問世半世紀以前，高達電影中的街拍感，那種天馬行空的不可預期性，在當時前所未聞。電影是什麼？作為一種視覺藝術，它的潛力有多少？高達用一格一格輕快的黑白畫面，向觀眾丟出這些刺激的問題。

《斷了氣》的主角最後遭女友背叛，命喪街頭，彷彿象徵背離電影傳統的高達，宣告著古典美學之死。

一九六〇年代是屬於叛徒的年代，人們先叱責他，再歡迎他。巴布．狄倫替吉他「插上了電」，咆哮出讓人興奮的搖滾樂，即使承擔背棄民謠道統的罵名，他面不改色，深知任何有意義的改變都需要膽識。「改變世界」在當年可不是一句口號，依然天真的世界，洋溢著突破的契機。

狄倫背上電吉他，高達拿起攝影機，這些先行者的作品充滿了無限可能，啟發世界各地的年輕人搞自己的藝術，尋找讓同胞感動的現代。

美國評論家蘇珊．桑塔格撰文稱高達是「我們這個時代偉大的文化英雄」。《斷了氣》讓子彈初次上膛瞄準美國的高達，就拿下柏林影展最佳導演銀熊獎！他是酷的代名詞，娶了繆思女神安娜．凱莉娜（Anna Karina）為妻；受邀拍攝滾石樂團的紀錄片，氣場強大到影像風格凌駕於音樂，讓滾石淪為配角。

照片裡你沒看錯，當年的高達，**就是**搖滾明星。

我希望自己第二部電影能獲得惡評，這樣就有再拍片的動力了。

一九六〇年的坎城影展，未滿三十歲的高達受訪時向記者抱怨《斷了氣》的成功。他明白出道即巔峰的危險，有些人天生就對讚譽過敏，會生出一股想摧毀它的衝動，尤其那些一心一意追求自我表達的藝術家。

整個六〇年代，高達的拍片速度比嗑了迷幻藥的披頭四出片速度還快！一年超過一部，持續以風格化的手法，肢解著電影類型。

音樂劇、愛情劇／悲劇、喜劇／警匪片、偵探片／驚悚片、科幻片／黑色電影、公路電影，全被拍成一種名為「高達」的電影。反常的說故事方法，非線性的敘事規則（或者，根本沒有規則），不依賴劇情而讓剪輯、運鏡、演員的身體語言和他們實際說出的語言創造出觀影的快感！

觀眾樂著加入革命的行列，走進電影院就拋下邏輯，期待高達再次給自己驚喜，一如二十一世紀賈伯斯主持的每場iPhone發表會。高達是野心勃勃的實驗家，在電影這個介面上不停排列組合，調配出最有趣的結果。影片拿掉了中心結構，雖然略有混亂，那些從膠卷剝落下來的東西，卻總是新鮮、魯莽，又有魅力。

他把那個時代的心緒蒙太奇在一起。觀看高達的電影，是一種解放。

一部電影由開頭、中段和結尾構成，但不一定要按照這個順序。

影迷抱著開放的心態，在《隨心所欲》看著安娜·凱莉娜望向攝影機對觀眾說話，看著高達捨不得讓鏡頭離開安娜那張美麗得不可方物的臉。片頭的黑白字卡寫著「獻給所有的B級片」，這部片卻有一點都不B級的對白：

安娜（片中飾演妓女）：文字應該要忠實呈現我們的想法，它們有背叛我們嗎？

咖啡廳的哲學家：有，但是我們也背叛它們。

安娜：為什麼一定要說話？我總認為，應該要有一個人時常保持安靜，說得愈多，就愈沒有意義。

哲學家：當我們學會怎麼說話時，必須先跳脫人生，這是我們的代價。

安娜：所以說話是攸關生死的？

哲學家：說話幾乎可以說是人生的復活，當我們說話時，就產生了不一樣的人生。為了有說話的人生，必須先經過不說話的死亡。

安娜：所以說話有可能是在撒謊？

哲學家：謊言同樣也是我們所追求的一部分，錯誤和謊言只有一線之隔。

藝術和美不就是生命嗎？——《隨心所欲》

《隨心所欲》在一九六二年上檔，是當年法國的賣座片，更榮獲威尼斯影展評審團大獎。兩年後（這期間高達又拍了三部片，包含現代主義的經典《輕蔑》），高達替安娜量身訂製另一部片《法外之徒》，諷刺了好萊塢的黑幫電影，並繼續翻新電影的形式——古怪的鏡位、率性的攝影機運動、影像和聲音隨意的匯流拼貼。高達愈玩愈大膽，肆無忌憚地以各種「畫外」的方式彰顯他的存在。

在他之前，導演是藏身幕後的指揮。在他之後，導演是神。

他像心理分析師，用旁白同步描述銀幕上角色的內心狀態，甚至預告他們接下來的行為發展。他干擾或打斷故事，有時乾脆介入它，讓觀者明確感受到同時有兩件事在發生：一件是電影中呈現的故事，一件是故事的載體，即這部電影**本身**。

某種意義上，所有高達的電影都關於電影。他用上帝視角，提升了影像的維度。

所有新生事物，同時必然也是舊的。——《法外之徒》

「新鮮感」是無可比擬的經驗，然而一如顏色，也會在時間裡剝離。如今看高達的電影，要挑精神比較好的時候，可能不小心會在過程中睡著了，或忍不住按下快轉鍵，如同庫克主持的 iPhone 發表會。

高達的電影沒變，變的是時代的感性，它不再純真；變的是觀眾的胃口，我們早就見怪不怪，銀幕上很難再有驚人之舉。高達的前衛與創新，經過一代一代導演的模仿和翻玩，那付「上帝的眼鏡」落到一般人手中，他們也能以全知的視角指著高達的片說：哦！這些「手法」我都看過了。

那些電影成為某種紀錄片，留下輕鬆的日常研究。我們看當時的人如何吃飯、怎麼開車、走路的姿勢、吵架的語氣、流行的歌曲、調情的尺度（許多動作在今日肯定被當成騷擾）。我們看他們在電影中生活，涵蓋了無聊與倦怠的生活。

十五歲那年看了高達的《狂人皮埃洛》，決定這輩子要拍電影的比利時導演香妲・艾克曼（Chantal Akerman）曾說：「如果我因艱深而著稱，只是因為我熱愛每一個瑣碎的日子並想將其表現出來。而大部分人看電影，只為逃避他們瑣碎的生活。」

一部關於無聊之人的電影，是否注定會變得無聊？

這問題的反面是——電影為何一定得娛樂大眾？

高達或許預期到這種結果，堅決當個影像民俗學者，自在地拍尋常風物，讓主角閒閒散散地聊天。一九六八年法國爆發五月革命，他對時局失望，以電影作為鬥爭的工具，強烈批判政治與社會，也攻擊自己的布爾喬亞出身。他近乎偏執地，做自己最無情的批判者。

以議題為導向的作品，變得愈來愈艱澀，他蓋了一座冷僻的劇場，在裡面思考抽象的概念、深奧的課題，並且自己和自己辯論。當一個不迎合觀眾的藝術家，曲高和寡是必然的代價，很難有人說自己真正「看懂」了高達。喜歡藝術片的影迷在影展看他的新作，看的已不是電影，而是他的**聲譽**——曾經的新浪潮領袖，如何革自己的命。

時代景觀變動著，高達不為所動。有太多人想問他問題，太多影展邀他出席，他只是躲起來冥想。上了年紀的高達，創作力依舊旺盛，他讓作品替自己說話，本人慢慢淡出在公眾視野中。他以不存在彰顯他的存在。

你將遭受比死亡更可怕的痛苦，成為一個傳奇。——《阿爾發城》

高達活到九十一歲，比許多大導演都要長壽。二〇二二年九月，在第三任妻子、電影工作者安瑪麗．米耶維勒（Anne-Marie Miéville）的陪伴下，高達平靜地死在日內瓦湖北岸的家中。拍了六十年電影的他，留下浩瀚的文化遺產：長片、短片、劇情片、紀錄片、電視特輯，超過一百多部。

一九七〇年代晚期高達搬到瑞士定居，平時深居簡出，與世界影壇保持著距離。瑞士是世上少數允許安樂死的國家，高達過世後家屬發表聲明，表示高達執行了協助自殺的手術，「他無病無痛，只是筋疲力盡。」

最終，高達選擇用死亡擁抱自由。

法國總統馬克宏在悼文裡說：「高達在法國影壇的出現如同魔法，他發明了一種真正現代又極度自由的藝術。我們失去了國寶與天才的眼睛。」而高達去世前幾年，有一部叫《情陷高達》的電影改編了他和第二任妻子安妮．維亞澤姆斯基（Anne Wiazemsky）的韻事，兩人失敗的婚姻被擺上檯面，供人指點。

無論讚揚或挖苦，我懷疑高達會在乎這一切。我認識他始於國中時姊姊從大學電影社帶回來的雜誌，而最**接近**他的一次，是高中到巴黎旅行，我和爸爸走在霧中的香榭麗舍大道，後來才知道《斷了氣》的主角也曾在那裡漫步。最近一次看他的電影，是遺作《影像之書》。

那部片我沒打瞌睡，像學生在上課，認真聽著八十多歲的高達分享他的晚年意見。他反思西方暴力的本質，檢討著電影的失敗。

仍有話想說的他，意識到時間的流逝與不再回返。「我需要永恆的時間，才能說完區區一天的故事。」一年老的高達不再盛氣凌人，他在餘火邊喃喃自語，朗讀著一篇漫長的論文，究竟是巫言還是神諭，觀者請自行決定。

在很久以後，那些我們聽過的故事，
仍走得比我們更緩慢。——《影像之書》

每個喜歡過高達，對他某些作品又感到氣餒的人，對他都有複雜的情感。美學會過時，但是精神不會，高達是一種高貴的理念，他巨大的身影做後輩的靠山，告訴他們，別怕錯！有時創作就要任性又瀟灑，才能做出有挑戰性的東西。

我知道，這篇文章寫得太長了，還做了過多的引用。高達聽了推推墨鏡，不動聲色地說，這是你的作品啊，隨心所欲沒有關係。

所有存在，只在我之中。

後記
跨年夜

新年第一天，我醒在酒吧的沙發上，天已經亮了，朦朧的光線從面街的窗戶照了進來。店裡的喇叭幽幽傳來 Neil Young 的音樂，口琴聲聽起來像鄉愁。

我左手壓在左臉頰下，右手懸空握著一個塑膠袋，裡面裝著吐出來的東西。我在這裡放了好幾年的歌，還沒喝醉過，更沒在這睡死過。媽啊……頭好痛！我忍著暈眩把自己翻了過來，臉朝上才吸得到空氣，我可不想像搖滾樂手那樣死在自己的嘔吐物裡。

至少意識還是清楚的，這讓我比較安心。我將塑膠袋擱在地上，轉頭看了一下店裡，有名酒保躺在對面的沙發上滑手機，吧檯角落趴了一個人，他頭上戴的燈飾還一閃一閃，而且好像沒穿褲子。《阿爾發城》有一句對白：「在這鬼城市，所有怪事都好像很正常。」

這家店，也沒有事會讓人奇怪。

我隱約想起自己倒下前，跑進ＤＪ檯播了Girls的〈Lust For Life〉，大概凌晨四點左右吧？本來以為全場會歡聲雷動，結果沒人理會……女孩繼續抱著彼此高喊新年快樂！男孩繼續把手搭在女孩的肩上。跨年夜，誰在乎音樂是什麼。曾經時髦的獨立樂團，現在也成了老搖滾。

不過一天前，我回台南陪爸爸過七十五歲的生日，切完蛋糕，平靜地向他和媽媽丟出感情又泡湯的消息。兩人或許也不抱指望了，臉上沒有特別的反應。一年的最後一晚，我搭高鐵北返，看著反射在車窗上的那張臉，對他說，一個人跨年也很好，別出去買醉。

回到台北的家，我縮在寒流裡看了跟去年，跟前年，跟之前每一年都一樣的煙火。去年十二月三十一日，我登上陡峭的玉山東峰，立刻衝下來倒數！別擔心我的身體，我健康得很！

忽然，咽喉深處湧出一股噁心感……我全身發冷，忍不住發出微弱的聲音。酒保過來探看，倒了杯水給我喝。我請他幫忙叫車，我想回家了。他將我扶下坡度不輸給東峰的樓梯，我踉蹌地翻進路邊的Uber，身上還沾著一些髒髒的東西。

一月一日，許願的日子。我要回去的頂樓，卻沒有任何責任在等我，沒有妻子站在門口興師問罪：「你昨晚野去哪了，怎麼現在才回來？」沒有孩子拉著我說：「爸爸今天放假帶我出去玩！」沒有員工的薪水需要周轉。

我今天可以完全消失在世界上也不會有人發現。多**自由**啊！到浴室洗了頓昏沉的澡，我躺在床上睡了一天，睡過四十歲以後的第三個新年。

這本書過半文章來自《週刊編集》的「男人四十」專欄，我從三十九歲的最後一個月開始，每個月一篇，順著生活的節奏往下寫。讓世界上發生的，以及流過我身邊的事，隨機出現在報紙的版面。把專欄集結成書，需要創造閱讀的張力，編輯心愉幫忙梳理出後來的結構，許多篇我也做了相當幅度的改寫。

「男人四十」在報上連載了四年，那期間，爺爺過世了，我走了一趟K2基地營，大學拍的紀錄片在金馬影展播映，也完整涵蓋了疫情的始終。

關在家的日子，奔忙的人生暫時停滯下來，我第一次直視到生命的本質，原來是一片荒蕪。人們只是在活著的過程中，給它添點有意思的東西，嘗試在暗處點亮幾道光。得到渴望之物很難，但維持更難。還沒結婚的中年男子，要的是婚姻，或只是一場婚禮？

身體還過著年輕人的生活，心裡很多地方都長滿厚厚的繭。重複的事物、年復一年的儀式、山坡上推不完的石頭，都讓我深深的倦怠。寫作之人為了讓生命有趣些，告訴自己「不枉此生」，把人生當故事來說，事發的同時就化身為角色，走進意義的現場，去觀察它的結果。

文字累積的里程數，像被時間壓深過的冰河，在記憶的山壁留下一道一道不平衡的擦傷。

文字過濾掉日常的雜質，但寫作者做更多的是填補的工作——補充當下說不出口的情感，強化肉眼看不見的景象。文章重塑了我們對過去的理解，真實經驗和如何**記得**那些經驗，兩者連動，創造出新的時空。寫作者多活了一個次元，同樣的經歷會造成兩次影響。

那些影響，讓他變成一個更凝聚的人。

廚師安東尼·波登有一回見到年少時的英雄，龐克歌手伊吉·帕普。波登問帕普：「你活到現在，見過大風大浪了，還有什麼事會真正讓你覺得激動？」

帕普答覆道：「這實在太尷尬了……被人愛著，並真正感激那些愛我的人。」

這本書完成於上海靜安區一棟老公寓的頂樓，搖搖晃晃的木梯，走上去會頂到鄰居晾的衣服。在採光明亮的窗台，我打字的地方，能望見樓下整排翠綠的梧桐樹，幾隻麻雀在老人喝茶的院子上旋舞。鄰近幾條街，就是張愛玲住過的常德公寓，當年她在那裡寫下不朽的愛情。

我解釋不了為何此刻我會坐在這裡。未知的故事，依然充滿了吸引力。

文學森林LF0186

時空迴游

作者

陳德政

一九七八年生於台南，十八歲北上讀書，人生往返於南北兩地。

就讀政大廣電系時沉浸於九〇年代台北藝文場景，與同學毛致新拍攝了濁水溪公社樂團紀錄片。退伍後前往搖滾的首都紐約，在New School攻讀媒體研究所，留學期間架設部落格「音速青春」。

雙城之外，朋友詹偉雄的領路下走入一個新的時空——壯闊的群山。二〇一九年加入K2峰台灣遠征隊，隨兩位攀登家遠赴巴基斯坦，回國寫下報導文學《神在的地方》，榮獲台北國際書展大獎非小說類首獎。

二〇二三年底，四十五歲生日當天，在呂忠翰、張元植等好友的陪伴下，於無雙山完登台灣百岳。

寫作與登山外也從事ＤＪ工作，每週深夜來回播歌的酒吧。於鏡好聽主持Podcast節目《朝聖——人與自然的相遇》、《朝聖——重返啟蒙的公路》。

作品列表：

《爛頭殼：濁水溪公社影像紀實》二〇〇一

《給所有明日的聚會》二〇一一

《在遠方相遇》二〇一四

《我們告別的時刻》二〇一八

《神在的地方：一個與雪同行的夏天》二〇二一

封面設計　蔡佳豪

版面構成　楊玉瑩

版權負責　李家騏

行銷企劃　黃蕾玲、陳彥廷

副總編輯　梁心愉

初版一刷　二〇二四年二月二十六日

定價　三八〇元

ThinKingDom 新經典文化

發行人　葉美瑤

出版　新經典圖文傳播有限公司

地址　臺北市中正區重慶南路一段五七號十一樓之四

電話　02-2331-1830　傳真　02-2331-1831

讀者服務信箱　thinkingdomtw@gmail.com

FB粉絲專頁　facebook.com/thinkingdom

總經銷　高寶書版集團

地址　臺北市內湖區洲子街八八號三樓

電話　02-2799-2788　傳真　02-2799-0909

海外總經銷　時報文化出版企業股份有限公司

地址　桃園市龜山區萬壽路二段三五一號

電話　02-2306-6842　傳真　02-2304-9301

國家圖書館出版品預行編目(CIP)資料

時空迴游 / 陳德政著. -- 初版. -- 臺北市 : 新經典圖文傳播有限公司, 2024.02

358面 ; 14.8×21公分. --（文學森林 ; LF0186）

ISBN 978-626-7421-08-6（平裝）

863.55　　113000303